Uwe-Michael Gutzschhahn, geboren 1952, studierte Anglistik und Germanistik und schloss sein Studium mit der Promotion ab. Er war viele Jahre als programmverantwortlicher Verlagslektor in diversen Verlagen tätig und lebt heute als Autor, Übersetzer, Herausgeber und freier Lektor in München. Seine Bücher wurden mehrfach ausgezeichnet.

Alles zum ersten Mal

Geschichten vom Anfangen

Herausgegeben von
Uwe-Michael Gutzschhahn

Fischer Taschenbuch Verlag

generation
www.fischergeneration.de

Originalausgabe
Veröffentlicht im Fischer Taschenbuch Verlag,
einem Unternehmen der S. Fischer Verlag GmbH,
Frankfurt am Main, Oktober 2010

Satz: ottomedien, Darmstadt
Druck und Bindung: CPI – Clausen & Bosse, Leck
Printed in Germany
ISBN 978-3-596-80857-1

Nach den Regeln der neuen Rechtschreibung

Inhalt

Jan Koneffke
Allein mit Onkel Kuddel

»Wenn du nicht artig bist«, schimpfte mein Vater gelegentlich, »liefere ich dich bei Kuddel ab.«

Etwas Schlimmeres konnte er mir gar nicht androhen. Wenn mir ein Mensch nicht geheuer war, war es sein Bruder. Teils hing das mit Kuddels Erscheinung zusammen, der schmuddligen Kleidung, dem schlechten Gebiss. Er roch muffig, war niemals rasiert, sein Gesicht wirkte finster wie Unwetterwolken.

Und es rankten sich wilde Geschichten um Kuddel. Vor Jahren war er an den Main umgezogen, wo er Großvaters Erbschaft verprasst hatte. Als er kein Geld mehr besaß, musste er eine feuchte Behausung mit Kohlenofen anmieten und verdiente sein Geld mit Gelegenheitsarbeiten.

Was war Onkel Kuddel nicht alles gewesen: Kneipenkellner und Kartenabreißer im Kino. Nachtportier in einem kleinen Hotel. Taxi- und Lastwagenfahrer. Und Sargschlepper. Und bei einem Beerdigungsinstitut habe er Leichen gewaschen, behauptete Vater.

Bis er sich auf Einbruch verlegt hatte. Kuddel stieg in fremde Wohnungen ein und entwendete Geld oder Wertsachen. Das ging ein paar Monate gut, bis er auf einen Wohnungsbesitzer stieß, der Onkel Kuddel mit

seiner Pistole in Schach hielt und anschließend der benachrichtigten Polizei übergab.
Kuddel verbrachte drei Jahre im Knast. Und als er seine Entlassungspapiere erhielt, zog er wieder auf Großvaters Hof. Er trug Zeitungen aus oder sprang bei der Post ein, wenn ein Paket- oder Briefbote krank war. Bis zum Hof waren es rund zwanzig Autominuten, trotzdem sahen wir Kuddel fast nie. Vater lehnte Kontakte zu seinem Bruder ab, den er auch zu keiner Familiengeselligkeit einlud. Geburtstage, Weihnachten oder Sylvester fanden ausnahmslos ohne den »Lebensversager« statt.
Kuddel machte sich seinerseits rar. Er tauchte im Abstand von Monaten bei uns auf, bisweilen verging auch ein Jahr. Und wenn er in unseren Wohnungsflur trat, hatte Kuddel ein schlechtes Gewissen, das merkte ich.
»Ist dein Vater daheim?«, fragte er. Aus seinem verfleckten Jackett kramte Kuddel Bonbons, die er mir vor die Brust hielt.
»Ja«, stammelte ich, »er ist in seinem Zimmer.«
»Nimm meine Bonbons«, sagte Kuddel, »und ruf deinen Vater.«
Widerwillig nahm ich seine Hustenbonbons, die in verflustem Papier steckten, und sagte trotzig: »Vater wird nicht begeistert sein, wenn er dich sieht.«
»Dachte ich mir«, meinte Kuddel und grinste. Es war ein komisches Grinsen, teils frech, teils verlegen und … ja, eine Winzigkeit traurig.

Was sollte ich machen, ich rief meinen Vater, und als die beiden im Korridor standen, warf ich Kuddels Bonbons in den Abfallkorb.
Kuddel bat Vater um Geld, das war klar. Er konnte den Strom nicht bezahlen oder musste, ich weiß nicht bei wem, seine Schulden begleichen. Ich lauschte den Stimmen im Korridor. Vater war eisig und zischte den Bruder an: »Lass mich in Ruhe. Ich werde dir nie wieder Geld geben, hast du kapiert?«
Kuddels Stimme klang bettelnd und gleichzeitig vorwurfsvoll: »Ich brauche es dringend, Anton, dringender als je. Du kannst mich nicht einfach im Stich lassen.«
Vater schwieg, was bedeutete, Kuddel bekam sein Geld.
Am Abendbrottisch schimpfte Mutter: »Und du konntest wieder nicht hart bleiben, Anton.«
»Du weißt«, knurrte Vater, »warum ich den Lebensversager nicht abwimmeln darf. Unsere Stadt ist ein Nest, man zerreißt sich das Maul. Er kann meinen Ruf ruinieren, wenn er will. Und meine Stelle als Sparkassenchef bin ich los, falls mein Bruder aufs Neue zu stehlen beginnt.«

Als mir in jenem Sommer der Einfall kam, Großvaters Bauernhof einen Besuch abzustatten, geschah das aus Neugierde und Langeweile. Vaters Absicht, mit uns an der Adria Urlaub zu machen, hatte sich kurz vor

den Ferien zerschlagen, was mit einer »Sparkassenumstrukturierung« zusammenhing – keine Ahnung, was das wieder sein sollte. Meine Freundinnen waren alle in Urlaub, und Mutter erkrankte – aus Protest gegen Vaters Verpflichtungen, nehme ich an.
Am dritten Ferientag setzte ich mich aufs Fahrrad und strampelte hoch bis zur Bergkuppe. Ich flitzte durch Mischwald und Felder ins Nachbartal und folgte dem Bach, der sich glitzernd nach Norden wand.
Allein zu sein machte mir nicht das Geringste aus. Mit jedem Meter, den ich mich von meinem Zuhause entfernte, kam ich mir nur freier vor. Kein Vater war neben mir, der mich ermahnte, und ich musste mich nicht nach dem Willen meiner Freundinnen richten. Ich konnte tun, was ich wollte.
Es scherte mich auch nicht besonders, nie in dieser Gegend gewesen zu sein. Vor meiner Brust baumelte eine Karte, auf der Vater den Bauernhof mit einem Kreuz markiert hatte.
Außerdem lockte der Großvaterhof mit Geheimnissen, die mir von Kilometerstein zu Kilometerstein unwiderstehlicher vorkamen.
Klar, es war nicht meine Absicht – beileibe nicht! –, mit meinem Onkel zusammenzutreffen. Ich wollte erst sichergehen, dass er nicht zu Hause war. Er besaß einen ollen, verbeulten VW, mit dem er zur Kneipe am Bahnhof fuhr, wo er am Zapfhahn stand, oder zur Post, wenn er wieder als Briefbote einsprang.

Von weitem erkannte ich Großvaters Hof, der grau und verkommen weit abseits des Dorfes lag. Ein Stall war halb niedergebrannt, eine Scheune zerfallen, das Bauernhausdach sank an mehreren Stellen ein, und es konnte nur eine Frage der Zeit sein, bis es in die Wohnstube krachte. Ganz zu schweigen vom wuchernden Unkraut im Hof und dem verwilderten Obstgarten.
Ich versteckte mein Fahrrad am Bachufer und nahm mein Fernglas zu Hilfe, um auszukundschaften, ob Kuddels VW zu entdecken war. War er nicht, und ich schlich mich zu Fuß bis zum Lattenzaun.
Mein klopfendes Herz konnte mich nicht mehr aufhalten. Ich duckte mich tief in das bauchnabelhohe Gras, als ich zum Bauernhaus lief. Ehe ich mich in den Innenhof wagte, warf ich ein paar Steine ans Fenster und wartete. Nichts passierte. Anscheinend war ich wirklich allein.
Kuddel hatte das Haus nicht verschlossen. Er rechnete nicht mit Besuchern, und vor einem Dieb musste er keine Angst haben. In den niedrigen Stuben gab es keine wertvollen Dinge. Standuhr und Radio gingen nicht mehr, im Büfettschrank befand sich Geschirr, das zersprungen und von einer mehligen Staubschicht bedeckt war. Abfall stapelte sich in der Diele, im Wohnzimmer trat man auf Bierflaschen, leere Konserven. Es herrschte ein Dreck in den feuchten und schimmligen Zimmern, vor dem es mir grauste.

Als eine Eidechse vor mir vom sonnigen Fensterbrett huschte, stieß ich einen Schrei aus. Motten flatterten aus den zerfressenen Teppichen, es lauerten Spinnen in den Ecken. Wie man es in dieser Verwahrlosung aushalten konnte, war mir unvorstellbar.
Und die schlimmste Entdeckung stand mir noch bevor. Ein komisches Fiepen verleitete mich, an der Klappe des Ofens zu ziehen.
Im Innern befand sich ein Rattennest! Vier nackte und zappelnde Junge, bewacht von der Mutter, die gleich auf mich losgehen wollte. Rechtzeitig ließ ich die Herdklappe zuknallen und floh aus dem schaurigen Haus.
Ich schlenderte um die Ruine des Schweinestalls, bis mir der Wohnwagen auffiel. Er stand in einer schattigen Ecke des Hofs zwischen Apfel- und Pflaumenbaum mit platten Reifen im Gras. Auf dem Dach lagen Zweige und matschiges Obst, vor den Fenstern hingen graue Gardinen.
Nun wurde mir klar, dass mein Onkel nicht mehr im verfallenen Bauernhaus lebte. Er benutzte den Wohnwagen als sein Zuhause, den er sich, wer weiß wo, besorgt hatte. Ich umkreiste den Caravan mehrere Male. Anfangs wagte ich nicht, meine Hand auf die Klinke zu legen. Und als ich sie behutsam nach unten bewegte, drang Motorradau an mein Ohr.
In null Komma nichts war ich wieder im Obstgarten, hetzte zum Lattenzaun, rannte, vom Maisfeld verbor-

gen, zur Stelle am Bach, wo mein Fahrrad versteckt war, und ließ mich ins Gras plumpsen. Und im Fernglas erkannte ich Kuddels verbeulten VW, der vors Bauernhaus rollte.

Sechs nasskalte Tage vergingen. Es regnete Strippen, es platschte und klatschte, und Mutter verlangte Gesellschaft am Krankenbett. Sie ließ sich von mir aus Romanen vorlesen, die ich nicht verstand und kotzlangweilig fand. Vaters Laune sank in diesen Tagen auf unter null, was von seiner dussligen »Umstrukturierung« kam. Und am frustrierendsten waren die Postkarten, die ich aus dem Briefkasten zog. Meine Freundinnen schickten mir mitleidlos sonnige Alpen- und Mittelmeeransichten.

Als es am siebten Tag aufklarte, gab es kein Halten mehr. Ich schwang mich aufs Fahrrad und strampelte los. Wieder ging es zur Bergkuppe und durch den Mischwald ins Nachbartal, wo ich dem sprudelnden Bach folgte, bis Großvaters Anwesen auftauchte.

Es war ein warmer und sonniger Tag. Ich scherte mich nicht um das drohende Wolkengebirge am Horizont, ließ mein Fahrrad ins Gras fallen und eilte zum Obstgarten. Von Kuddels verbeultem VW fehlte jede Spur.

Zu meinem Erstaunen stand der Wohnwagen nicht mehr am alten Platz. Er erwartete seinen Besitzer im Hof – mit erneuerten Reifen und Radkappen. Kuddel

hatte die Karosserie weiß gespritzt, die verrosteten Stellen behandelt, das matschige Obst und die Zweige vom Wohnwagendach entfernt. Sein Caravan sah zwar nicht gerade fabrikneu aus, aber auch nicht mehr schrottreif wie in der vergangenen Woche.
Wollte mein Onkel auf Reisen gehen?
Ich fasste die kleine Metallklinke an, und die Luke zum Eingang sprang auf.
»Ist da wer?«
Ich erhielt keine Antwort, zerteilte den aus Plastikstreifen bestehenden Vorhang und stieg in den Wohnwagen ein. Im Innern empfing mich verbrauchte Luft und eine Hitze, die schwer zu ertragen war. Es stank nach Zigarettenqualm, Schweiß und Vergorenem. Ich stieß als erstes die Dachluke auf und packte den randvollen Aschenbecher, den ich vor dem Eingang entleerte. Was an Kleidern und Socken am Boden verstreut war, fasste ich lieber nicht an. Ich nahm bloß die offene Dose mit Sauerkraut, die auf dem Tisch stand, und schleuderte sie in den Hof.
Anschließend begann ich mit meinen Erkundungen. Ich klappte den ersten Schrank auf – nichts als Bettzeug –, den zweiten, in dem ich ein Album entdeckte, das alte, gelbstichige Fotos enthielt. Es waren Familienaufnahmen: Mein Vater und Kuddel vorm Weihnachtsbaum, an einem Schneemann bauend oder beim Baden im Bach. Sie waren ein Bruderpaar wie aus dem Bilderbuch.

Im dritten Schrank stieß ich auf zahllose Briefe, die Kuddel an Vater geschickt hatte, als er in der Strafanstalt von Sachsenhausen gewesen war. Vater hatte nicht einen gelesen. Auf jedem Briefumschlag prangte ein Stempel mit der grausamen Auskunft: *Annahme verweigert*. Deshalb waren sie wieder beim Onkel gelandet.

Als sich ein ohrenzerreißender Knall entlud, sprang ich entsetzt auf die Beine. Schlagartig war es pechschwarz auf dem Bauernhof. Es blitzte und donnerte, Hagel brach los, und ich klappte die Dachluke zu.

Was sollte ich machen? Zum Bach rennen, mein Fahrrad nehmen, bei diesem Unwetter heimstrampeln? Nein, es war besser, im Wohnwagen auszuharren, bis sich das Gewitter verzog.

Ich kauerte mich auf die Eckbank und lauschte, zur Flucht bereit, falls Onkel Kuddel nach Hause kommen sollte.

Als ich aufwachte, wusste ich nicht, wo ich war. Ich stieß mit der Stirn an die Tischkante neben der Eckbank und rieb mir die schmerzende Stelle, die im Handumdrehen zu einer Beule anschwoll.

Es war stockfinster im Wohnwagen. Nein, ab und zu streifte ein gelblicher Schimmer den Kochherd beim Eingang, den Tisch und die Eckbank, bevor er zum Hochbett der Wohnwagenstirnseite wanderte, wo er erlosch.

Das war die erste Beobachtung, die mich beunruhigte. Und als der Stapel mit Briefen vom Tisch rutschte, schob ich mich benommen vom Polster. Ich stand auf dem zitternden Boden des Wohnwagens. Ja, er zitterte, schlingerte, war in Bewegung, wie ein Schiffsboden auf hoher See.

Leider befand ich mich nicht auf dem Meer, und der Wohnwagen war keine Dampferkabine!

Ich streifte eine Gardine zur Seite und lugte ins Freie. Es war nicht zu fassen: Wir waren auf der Autobahn! Ich stieg auf der Leiter zum Bett Onkel Kuddels hoch. Trotz meines Ekels vorm sauren Geruch in der Bettnische schob ich mich bis ans Fenster der Stirnseite. Es war nicht sein VW, der den Wohnwagen zog. Kuddel hatte sich anscheinend ein besseres Auto besorgt, das mehr Zugkraft besaß und bequemer war.

Ich musste mich zwingen, nicht panisch zu werden. Wusste Kuddel von mir, meiner Gegenwart? Hatte er mich, seine Nichte, absichtlich verschleppt? Oder war er in zu großer Eile gewesen und hatte sich nicht mehr im Wohnwagen umgesehen?

In Eile, das schien er wahrhaftig zu sein. Er hielt an keinem Rastplatz und an keiner Tankstelle, sein Benzintank war anscheinend voll. Wollte er schleunigst ans Ziel kommen? Oder verhindern, dass ich aus dem Wohnwagen sprang? Oder befand er sich auf der Flucht?

Um Mitternacht hielten wir an einer Grenze, was ich an Schildern und Schlagbaum erkannte. Ein uniformierter Beamter studierte den Ausweis und warf einen Blick auf den Wohnwagen. Ich kletterte von Kuddels Hochbett, entschlossen, ins Freie zu springen und um Hilfe zu schreien.

Mir stockte der Atem, die Klinke ließ sich nicht bewegen, Kuddel hatte die Luke von außen verriegelt!

In der Zwischenzeit setzten wir uns in Bewegung, und ich hatte keine Gelegenheit mehr, mich beim Grenzer bemerkbar zu machen. Ich kroch auf die Eckbank und schluchzte vor Heimweh und Kummer. Ich war mutterseelenallein. Und was schlimmer war, ich war nicht wirklich allein. Ich war mit Kuddel allein, meinem finsteren Onkel, dem Lebensversager und Einbrecher. Und der konnte anstellen mit mir, was er wollte.

Irgendwann schlief ich wieder ein, trostlos, verloren, und erwachte erst, als mich ein Sonnenstrahl kitzelte. Ich lag in eine muffige Decke gewickelt.

Kalt war mir gewesen in dieser Nacht. Stundenlang waren wir bergauf gefahren, wie ich an der Neigung des Wohnwagens festgestellt hatte. Jetzt rollten wir auf einem schimmernden Teerband bergab.

Ich rieb meine Augen beim Anblick der Berge. Sie standen vorm Horizont wie eine schwarze Wand. Schroffe, zackige Gipfel, die schneebedeckt waren, strahlten eisige Einsamkeit aus. Ich musste tief Luft holen, als ich sie betrachtete.

Ich wehrte mich gegen den Kloß in der Kehle, stieg aufs Hochbett und presste das nasse Gesicht an die Scheibe des vorderen Fensters. Vor uns lag weites und glitzerndes Land, das sich in der dunstigen Ferne verlor.

Als eine weitere Stunde verstrichen war, hielten wir an einem See. Er musste riesig sein, von seinem anderen Ufer war nichts zu erkennen. Wind spielte im Wasser und riffelte es, Palmen wiegten sich neben der Seepromenade.

Und Kuddel stieg aus seinem Auto! Er reckte und rekelte sich in der Sonne, fuhr sich mit der Hand durch die Haare und strich um den Stoppelbart, der seine Wangen bedeckte. Und jetzt drehte er sich zum Wohnwagen um.

Ich krabbelte flink aus dem Hochbett und setzte mich auf eine Kante der Eckbank. Ich durfte nicht klein und verzagt wirken vor meinem Onkel. Wenn ich keinen Mut zeigte, war ich verloren. Insbesondere, falls er mich verschleppt haben sollte, um Rache an Vater zu nehmen.

Zugegeben, ich hatte kein großes Vertrauen in mich, meinen Mut, meine Tapferkeit. Ich stellte mir vor, wenn er mich grob anfasste, würde ich ihm in den Arm beißen, bis er mich losließe vor Schmerz und Erstaunen. Ich stellte mir vor, Kuddels Glasaschenbecher zu packen und wenn es erforderlich war, ihm das

schwere Ding auf den Kopf zu knallen. Und wenn er blutend zu Boden ginge, wollte ich aus seinem Wohnwagen springen. Ob ich am Ende entschlossen genug wäre, stand leider auf einem ganz anderen Blatt.
Wenn ich mich heute an diese Sekunden erinnere, habe ich Mitleid mit Kuddel. Und andererseits muss ich innerlich schmunzeln, trotz des tragischen Endes, das unsere Geschichte nahm.
Pfeifend schloss Kuddel den Wohnwagen auf. Pfeifend band er den Vorhang im Eingang zusammen. Pfeifend kletterte er in den Caravan. Pfeifend kam er auf mich zu – und erstarrte.
Sein Pfeifen brach schlagartig ab. Kuddel starrte mich an, als ob er ein Gespenst vor sich habe, und stammelte: »Um Himmels willen … was machst du … was machst du bei mir?« Mehr zu sagen, das brachte mein Onkel nicht fertig. Er taumelte, weiß im Gesicht, aus dem Wohnwagen.
Verwirrt erhob ich mich von meinem Platz auf der Eckbank und strich die Gardine zur Seite. Onkel Kuddel ließ sich auf dem Bordsteinrand nieder, wo er Zigaretten aus seinem Jackett kramte. Mit zitternden Fingern steckte er sich eine an.
Seine Erregung verging nicht beim Rauchen. Im Gegenteil. Er warf die Kippe zu Boden, sprang auf die Beine und trat mit der Schuhspitze gegen ein Wohnwagenrad. »Scheiße! Verdammte! Hirnrissige Mistkacke! Himmelarschundwolkenbruch!«, fluchte mein

Onkel. Schimpfworte prasselten aus seinem Mund, und er schlug mit der Faust an die Wohnwagenwand.
Es dauerte, bis er sich wieder beruhigte. Irgendwann drehte er sich auf dem Absatz um, stapfte zur Seepromenade, sank auf eine Uferbank, stierte ins Wasser.
Mir fiel ein Stein vom Herzen. Erstens hatte er mich nicht verschleppt, das stand fest, ich behinderte nur seine Reiseabsichten. Und zweitens ließ er seine Wut nicht an mir aus.
Vom Trittbrett des Wohnwageneinstiegs aus, wo ich mich niederließ, schaute ich Kuddel beim Rauchen zu und hielt mein Gesicht in die Sonne. Mich an seine Seite zu setzen, das wagte ich nicht.

»Du wirst bestimmt hungrig sein«, sagte mein Onkel. Er war nicht mehr erregt, als er vor mir stand und mich aus blinzelnden Augen betrachtete. Und was ich niemals bemerkt hatte, fiel mir bei dieser Gelegenheit auf: Er hatte Vaters ovales Gesicht, seine Lippen, die schnurgerade Nase. Bloß seine Augen waren anders – wie anders, das konnte ich nicht richtig feststellen, vielleicht, weil er blinzelte.
Kuddel holte uns etwas zu essen aus einer Bar, die auf der anderen Seite der Straße lag, Schokoladenteigtaschen und Weißbrot, das mit Mozzarella und Schinken belegt war. Er stellte die Sachen aufs Trittbrett und trabte ein zweites Mal los, um uns mit Mineral-

wasser, Kaffee und heißem Kakao zu versorgen. Wir setzten uns auf eine Bank an der Seepromenade.
Das war nicht der Onkel, den ich in Erinnerung hatte, kein finsterer Mensch, der mir Angst machte.
»Schmeckt es dir?«, wollte er wissen.
Ich nickte.
Schweigend verzehrten wir unser Essen. Kuddel nippte an seinem Kaffee und streifte mich ab und zu mit seinen Blicken, um anschließend wieder aufs glitzernde Wasser zu schauen.
Er streckte den Arm aus: »Erkennst du das Segelboot?«
»Ja.«
Ich trank meinen Kakao aus und sagte: »Es tut mir leid. Ich hätte nicht in deinen Wohnwagen einsteigen dürfen.«
»Mhm«, machte Kuddel und rieb seine Bartstoppeln. Er sagte nichts anderes als »Mhm«.
»Und jetzt musst du mich wieder nach Hause bringen.«
»Ja«, erwiderte Kuddel, »mir bleibt keine andere Wahl.«
Seine Antwort erleichterte mich. Es war nicht seine Absicht, mich an diesem See auszusetzen und weiterzufahren. Oder mich zu einem Bahnhof zu bringen und alleine nach Hause zu schicken.
Wieder verfielen wir in Schweigen. Ich weiß nicht, warum mir die Postkarten meiner am Mittelmeer baden-

den Freundinnen einfielen. Und schlagartig hatte ich eine Idee.

»Hast du ein Reiseziel?«, fragte ich neugierig.

»Kein bestimmtes«, erwiderte Kuddel.

»Willst du nicht ans Meer?«

»Klar«, antwortete Kuddel, »ich will bis zum Golf von Neapel.«

»Ist das an der Adria?«, wollte ich wissen.

»Nein«, sagte er lachend, »das ist auf der anderen Seite Italiens, im Westen.«

»Vater wollte mit uns an die Adria fahren. Wegen seiner bescheuerten Sparkassenumstrukturierung hat das nicht geklappt.«

»Ach was«, meinte Kuddel und kicherte.

Das Segelboot stand in der Weite des dunstigen Sees und bewegte sich nicht von der Stelle.

»Und wenn ich dich bis zum Golf von Neapel begleite?«

Fassungslos schaute Kuddel mich an. Erst wirkte er nichts als erschrocken und abwehrend. Und dann entdeckte ich in seinen Augen den Ausdruck von heimlicher Freude.

Er strengte sich an, diese Freude vor mir zu verbergen.

»Du kennst mich nicht«, sagte er heiser und abweisend, »einem Menschen wie mir darf ein Kind sich nicht anvertrauen.«

»Ich bin aber kein Kind mehr«, versetzte ich trotzig.

»Ich muss dich nach Hause bringen zu deinen Eltern. Sie werden schon außer sich sein«, sagte Kuddel schroff.
»Und wenn wir sie anrufen«, schlug ich vor, »und einfach sagen, wir sind in Italien, um Urlaub zu machen?«
»Um Urlaub zu machen. Wir beide?«
»Ist das etwa schlimm, wenn man mit seinem Onkel verreist?«
»Ich bin kein beliebiger Onkel, ich bin Onkel Kuddel«, bemerkte er missmutig, »ein Lebensversager mit drei Jahren Knast auf dem Buckel. Wollen wir wetten? Dein Vater wird zur Polizei gehen. Nein. Nein. Ich will nicht wegen Kindsraub wieder im Bau landen.«
Dem war wenig entgegenzusetzen. Klar, würde mein Vater den Bruder anzeigen, von dem er sich nichts anderes vorstellen konnte, als mich, seine Tochter, gekidnappt zu haben. Ich selbst hatte Kuddel das zugetraut.
»Wir brechen auf«, sagte er und erhob sich.
Und in dieser Sekunde bemerkte ich, wie das Segelboot drehte und Fahrt aufnahm. Es entfernte sich schnell in die andere Richtung.

Ich durfte im Auto sitzen bei Kuddel, der von seiner Kindheit sprach, von meinem Vater, den Streichen, die beide begangen hatten. Und er sagte dem Bruder nichts Schlechtes nach. »Als Kinder waren wir siame-

sische Zwillinge«, bemerkte er lachend, »nichts konnte uns trennen. Und wenn wir allein waren, ohne den andern, waren wir beide tieftraurig.«
Vor der Grenzstation kletterte ich in den Wohnwagen und versteckte mich in der Toilettenkabine.
Bei Dunkelheit waren wir wieder daheim.
»Und jetzt wirst du zum Hof fahren?«
»O nein«, sagte Kuddel, »ich drehe um.«
»Sofort?«
»Ja, sofort«, sagte er, »ich will endlich den Golf von Neapel erreichen. Kalabrien. Sizilien. Und ein neues Leben beginnen.«
»Schreibst du mir eine Karte?«
»Na klar.«

Ich verriet meinen Eltern nicht, wo ich gewesen war, und behalf mir mit einer abstrusen Geschichte. Sie waren zu selig, mich wiederzuhaben, um heikle Fragen zu stellen.
Onkel Kuddels versprochene Karte traf niemals ein. In der ersten Zeit tat mir sein Schweigen weh, bis ich mir sagte, er wird es nicht ernst gemeint haben. Was Kuddel verspricht, ist nichts wert.
Ein Jahr war vergangen, wir saßen am Mittagstisch, als Vater den Teller mit Braten beiseiteschob.
»Onkel Kuddel ist tot«, sagte er.
Ich erstarrte.
»Er hat einen Herzinfarkt erlitten. In seiner Zelle.«

»In seiner Zelle? Wieso?«, rief ich aus. »War er nicht auf Sizilien?«
»Du hast eine lebhafte Phantasie«, sagte mein Vater, »vor rund einem Jahr hat man Kuddel verhaftet. An der bayrischen Grenze, wenn ich mich nicht irre.«
»In den Tagen, als wir dich vermisst haben«, warf Mutter ein.
Vater schaute mich misstrauisch an. »Ja, das stimmt.«
»Und warum musste er wieder einsitzen?«
»Er hatte einen Privatsafe erleichtert, um rund hunderttausend«, versetzte mein Vater, »und wollte sich schleunigst ins Ausland absetzen. Man fand das Geld in seinem Wohnwagen. Und du hast recht, vor Gericht sagte Kuddel aus, er habe Sizilien erreichen wollen.« Vater beugte sich vor. »Von wem wusstest du das?«
»Und wenn es in Wirklichkeit sein Geld war?«, meinte ich heiser. Halb wollte ich Vaters Misstrauen zerstreuen und halb meinen Onkel in Schutz nehmen.
»Kuddel besaß keinen Pfennig«, erwiderte Vater hart, »und die Banknoten waren nummeriert. Es handelte sich um das Geld aus dem Safe, ohne Zweifel.«
Unser Telefon klingelte, Vater ging zum Apparat. Und als er sich wieder an den Tisch setzte, hatte er andere Dinge im Kopf. Er vergaß seinen vagen Verdacht.

Er brachte den Bauernhof wieder auf Vordermann, den er nun alleine besaß. Und mich lud er dauernd ein mitzukommen, um mit mir auf den Spuren seiner Kindheit zu wandeln, mir dies oder jenes zu zeigen. Statt meinen Vater zum Hof zu begleiten, fuhr ich mit dem Fahrrad zum Baggersee. Ich ließ mich ins Gras fallen und dachte an das Ufer, an dem ich mit Kuddel gewesen war. In einem vergangenen Leben. Wir beide allein.

Tanja Dückers
Himmelblau

Ich beugte mich über den kleinen braunen Lederkoffer, den ich gerade vom Dachboden geholt hatte. Meine Großmutter saß auf einem Schemel, ein Brettchen mit kleingeschnittenen Pflaumenkuchenstücken auf dem Schoß, und guckte sich immer wieder in scheinbar unendlichem Erstaunen um. Ihr Wohnzimmer stand seit Tagen voller Koffer, Kisten, Taschen, alter Schuhkartons, aus denen Briefe hingen, alter verstaubter Plastiktüten, in denen man umrisshaft Pelzmäntel, ein Paar Schlittschuhe und Winterstiefel erkennen konnte. Bald würde sie in einem Heim wohnen.
»Tempo, Paula, wir schaffen das sonst nicht!«
Mein Bruder sprang, beladen mit Tüten und Kisten, in den Flur. Seine bis zur Hüfte reichenden Rastalocken unterstrichen die Worte, wild flogen sie mit dem Schwung der zuknallenden Tür um seinen schmalen Körper. Bis morgen Abend musste die 150-Quadratmeter-Wohnung geräumt sein. Doch obwohl wir seit Tagen schubladenweise gehortete Gummibänder, Sammlungen von Alufolien und pralle Plastiktüten voller Zahnstocher entsorgten, tauchten immer wieder, wie von Geisterhand nachgelegt, neue Kisten, neue Zahnstocher- und Haarklammersammlungen, neue Kisten

voller verstaubtem Verbandszeug und jetzt schon der dritte Schuhkarton mit Badekappen auf. Manchmal war es schwer, das Tempo zu halten, denn es gab zwischen endlosen uninteressanten Dingen wie Schubladen voller Schmirgelpapier und Sammlungen ausgelaufener Kugelschreiber auch interessante Funde. Als ich amüsiert vier bunte, mit riesigen Blumen verzierte, aber übel nach Plastik riechende Badekappen in der Hand hielt, baute sich mein Bruder mit strenger Miene neben mir auf. »Manno, Paula, so wird das nie was, bitte, so spannend sind die Dinger doch nicht ... ich hab gerade gemerkt, dass die Bücher im Wohnzimmerregal alle zweireihig stehen ... Kunstbände, schwer wie Ziegel, komm, mach hinne, es gibt noch 'ne Menge zu tun ...«

Unsere Großmutter hatte natürlich das letzte Wort, ob etwas aufbewahrt oder entsorgt werden sollte. Manchmal wiegte sie minutenlang nachdenklich den Kopf und konnte sich nicht entscheiden. Mein Bruder rollte die Augen, sagte aber nichts. Schließlich musste es für unsere Großmutter sehr bedrückend sein, wie sich die Wohnung, in der sie über fünfzig Jahre gelebt hatte, Schritt für Schritt auflöste.

»Halt! Nicht die ... nicht die himmelblaue!«, rief Großmutter mit ungewöhnlich lauter, entschlossener Stimme.

Was in ihren Augen die himmelblaue Badekappe von der gleich scheußlichen zitronengelben, orange- oder pinkfarbenen unterschied, war mir nicht klar.

»Die gehört nicht mir ...«, murrte Großmutter und sah auf einmal sehr schlecht gelaunt aus.
»Du willst die doch nicht etwa deshalb aufbewahren, Großmutter ... das alte Ding, komm ...«, wandte ich ein.
»Was denn nun, mitnehmen oder nicht?« Mein Bruder stand hibbelig neben mir. Er schrieb zur Zeit seine Diplomarbeit, aber Großmutters Wohnungsauflösung war unverschiebbar gewesen, seit sie ihre Küche in Brand, das Bad unter Wasser gesetzt und sich eine ganze Nacht auf dem Balkon ausgeschlossen hatte.
Unsere Großmutter, deren bedächtige Art meinen Bruder auch schon, als sie noch nicht so alt und verwirrt war, wahnsinnig gemacht hatte, ließ sich von mir die Badekappe in die Hand geben, dann rückte sie ihre Brille zurecht und befühlte prüfend den Stoff.
»Hm ... hm, die ist von Erika ...«
»Willst du die Erika zurückgeben oder was?«, konnte sich mein Bruder nicht verkneifen.
»Hm ... hm«, kam die Antwort.
»Weißt du denn, wer Erika ist?«, fragte ich meinen Bruder. Den Namen hatte ich in den vielen, oft verworrenen Erzählungen unserer Großmutter noch nie gehört.
»Nee, keene Ahnung«, antwortete er und sah Großmutter mit gerunzelter Stirn an. Seine Finger trommelten einen unruhigen Takt auf ihren Stuhlrücken.

»Die ist noch von meiner Erika ...«, murmelte Großmutter versonnen.
»Wer ist das denn, die Erika ...?«, fragte ich sanft nach. Für diese Art von Gesprächen musste einfach Zeit sein. Allerdings musste ich ja auch nicht in vier Wochen eine Diplomarbeit abgeben.
»Die kannte ich noch aus ... von damals ...«, murmelte Großmutter, wobei sie jedes Wort sehr langsam aussprach.
»Ich mach mich an die Kunstbände! Die nimmst du doch alle mit, ja?«, fragte mein Bruder unsere Großmutter, die sich tief über die himmelblaue Badekappe beugte. Seine langen Rastalocken flogen ihm um den Kopf.
»Ja, ja.«
»Woher kanntest du denn diese Erika und aus welcher Zeit?«, hakte ich nach. Ich versuchte, ebenso langsam wie sie zu sprechen, denn ich wusste, dass Großmutter, sobald sie sich unter Druck gesetzt fühlte, sich noch mehr zurückzog.
»Na, aus Königsberg ... aus Königsberg kannte ich ... die ... die Erika ... Wir waren da oft schwimmen ... im Krieg ... schwimmen ... an der Küste überall Feuer, und wir ...« Dann brach der stockende Redefluss wieder ab. Im Hintergrund hörte ich meinen Bruder rumoren.
»Und hast du gute Erinnerungen an Erika?«, fragte ich.

»Das erzähle ich dir morgen!« Großmutter schob sich ein Stückchen Pflaumenkuchen in den Mund und kaute zufrieden. Dabei schloss sie langsam die Augen – ein eindeutiges Zeichen, dass sie sich für heute innerlich verabschiedet hatte.

Als ich Großmutter am nächsten Tag die himmelblaue Badekappe auf den Schoß legte, fuhr sie tatsächlich gleich fort.
Mir schien, dass sie das Thema langsam einkreiste, sich irgendetwas Geheimnisvolles für den Schluss aufbewahrte. Vielleicht unterschätzten wir sie in letzter Zeit.
Erst berichtete sie von Erikas Eltern und den vielen Geschwistern (da entrümpelten wir gerade das Familienservice), dann von dem einen Schuljahr, in dem Erika neben ihr saß (da fanden wir gerade einen Karton voller alter Schulbücher), dann von Erikas sprödem, etwas älterem Verehrer (mein Bruder brachte einen vollkommen verstaubten Rosenstrauß vom Dachboden) und schließlich von ihrem letzten Schwimmausflug an die Ostsee.
Die beiden Mädchen, die in Königsberg lebten, waren sehr sportlich und schwammen oft mit einigen gleichaltrigen Jungs um die Wette. Meistens verloren sie zwar, »aber nur soo knapp!« – Großmutter zeigte es mit ihren Händen –, dass sie natürlich als die Heldinnen und »Sieger« aus dem Wettkampf hervorgingen und entsprechend viel Bewunderung und Aufmerksamkeit von männlicher Seite erhielten.

Ich weiß nicht, mit welch unglaublich präzisem Sinn für Zeit, Rhythmus und Geschwindigkeit meine Großmutter ihre Erzählung noch zu gestalten in der Lage war, jedenfalls endete sie mit den Worten: »Und nachdem ... ein Bombensplitter ... sie getroffen hatte ... habe ich aus dem Wasser ... noch die Badekappe gefischt ... die wurde ... als Einziges ... an Land gespült ... so schön ... so lustig und leicht ... himmelblau ... das ist ... trotz allem ... meine Erinnerung an Erika« – genau in dem Moment, als mein Bruder und ich sie im Rollstuhl aus der leeren Wohnung schoben.

Später, als meine Großmutter längst in einer Seniorenresidenz lebte und mein Bruder sein Diplom doch noch mit »Sehr gut« bestanden hatte, fanden er und ich in einem alten Schulbuch (das wir als Einziges aus dem besagten Karton aufbewahrt hatten) einige Fotos von Erika und unserer Großmutter. Sie kicherten, hielten sich umarmt, machten, wie es schien, alberne oder auch verächtliche Witze über die Jungen, die sie umringten, taten geheimnisvoll, versteckten ihre Gesichter hinter Blumen und Zweigen.
Auf dem letzten Foto – hüfttief standen sie beide im Wasser, hinter ihnen ein grelles Leuchten, auf dem unscharfen Schwarzweißbild konnten wir nicht erkennen, ob es sich um romantisches Abendrot oder Artilleriefeuer handelte – küssten sie sich.

Friedrich Ani
Der geschliffene Himmel

Frag sie halt selber, warum niemand mit mir geredet hat. Kannst es auch lassen und mir noch ein Bier holen. Dann lass es bleiben. Ich geh hier nicht weg. Ist mir gleich, ob du mir zuhörst. Hau doch ab. Das fragst mich jetzt zum tausendsten Mal: Geht's dich was an, wo ich herkomm? Ich komm aus Bayern, und du? Interessiert mich nicht, hab's vergessen, lass mich in Ruh.
Du hättst mir das Bier nicht mitbringen müssen. Ist schon klar. Prost. Ja, nerv mich nicht, da haut's niemand vom Seil. Ich komm aus Schäftlarn und du aus Ludwigsburg in Schwaben. Und? Du hast mich gefragt, an was ich denk, und ich hab's dir gesagt, und jetzt bist du überfordert. Logisch bist du das, ich wollt nicht mit dir reden, du hast mich angequatscht.
Hab ich dir doch erklärt: Ich wollt nicht wieder wo blöd rumhocken. Was glaubst du denn? Glaubst du, die sind jetzt anders, ein Jahr später, hörst du mir nicht zu? Entweder du hörst mir zu, oder du schleichst dich. Sülz nicht rum, das mag ich nicht. War halt so. War halt alles so. War halt Advent. Scheiße, ist da wenig Bier in der Flasche. Bei uns ist ein halber Liter drin. Weiß ich doch. Denkst du, ich bin's erste Mal hier? Geht dich das was an? Lass mich in Ruh.

Ja, danke. Bist du Kellner? Willst du Trinkgeld? Ich hab keins. Ja, prost, passt schon. Was ist? Glotz mir nicht auf den Busen, spinnst du? Macht man das so bei euch in Schwaben? Sei still. Pust' mir nicht deinen Rauch ins Gesicht. Glaubst du, ich will Krebs kriegen so wie du? Will ich nicht, das schwör ich dir. Ich sag jetzt nichts mehr. Der Tisch da drüben ist frei worden, willst dich nicht rübersetzen? Nein, ich hab keinen Hunger. Dank schön. Passt schon. Scheißkalt, der Ostwind. Den gibt's bei uns nicht, so einen Ostwind. Den kann auch keiner leiden. Oder? Dann hör halt einfach nicht zu, wenn du nicht kapierst, was ich mein. Ist mir egal, ob du kapierst, was ich mein, ist mir doch egal. Setz dich an den Tisch da drüben. Zu spät. Selber schuld. Du hast mich angequatscht, nicht ich dich.
Was ich gemacht hab die ganze Zeit? Das Gleiche wie jetzt. Ich hab mich unterhalten, ich bin eine Unterhaltungskünstlerin, immer schon. Ja, du Streber, da war sonst niemand im Zimmer, gut aufgepasst. Hab mich trotzdem unterhalten. Dann versteh's halt nicht.
Wie alt du bist? Interessiert mich nicht. Wenn ich mal so alt bin wie du, sitz ich nicht hier, das weiß ich, dann bin ich unterwegs, dann kennst du mich nicht mehr. Geht dich das was an? Stehst du auf junge Mädchen? Das hast du mich schon tausendmal gefragt, und ich werd dir nicht sagen, wie alt ich bin. Weil's dich nichts angeht, hörst du mir nicht zu?

Ist eh egal. Mir hat noch nie jemand zugehört. Ich unterhalt mich selber.

Dank schön. Willst du, dass ich besoffen werd? Werd ich nicht. Haben schon andre probiert. Ich trink so viel, wie ich will, dann schlaf ich ein. Besoffen werd ich nicht. Lach doch. Geh mal zum Zahnarzt. Ist da ein Meteorit in deinem Mund eingeschlagen? Schaut peinlich aus, echt.

Mit so einem Bier würdst du bei uns keine Kneipe voll kriegen, da würden die Leut lieber Wasser aus dem Staffelsee saufen. Passt schon. Prost, Rainer. Ja, langt schon wieder, schau nicht so, du hast mich angequatscht, nicht ich dich.

Die haben echt geglaubt, ich mach das noch mal mit. Weißt schon, dasitzen und beten und keiner sagt was hinterher. Da sitz ich lieber wo rum, bloß für mich. Hab ich gemacht. Praktisch ein ganzes Jahr lang. Seit dem Tag damals. Da steht die Mutter vor der Tür und sagt, es ist was passiert. Und ich: Was ist passiert? Und sie: Der Opa ist tot. Der Opa ist tot. Der Opa ist kerngesund gewesen, dem hat nie was gefehlt, der hat früher seinen Hof bewirtschaftet, Tag und Nacht, und später das Wirtshaus geführt, den Hofbräu am Bahnhof. Krank war der nie, darauf kannst wetten. Neunundsiebzig war er. Ist tot, sagt die Mama. Dann haben sie gesagt, ich soll rübergehen ins Zimmer und warten. Rübergehen und warten. Bin ich rübergangen und hab gewartet. Den ganzen Nachmittag.

Sag ich doch die ganze Zeit! Hör doch mal zu! Fünf Stunden oder sechs. Um nach eins bin ich von der Schule kommen, da ist die Mutter vor der Tür gestanden und hat gesagt: Der Opa ist tot. Dann ist der Vater in der Küche gewesen und hat gar nichts gesagt. Ist ja klar. Der hat nie was gesagt, wenn's wichtig war. Nicht mal jetzt, wo sein eigener Vater gestorben ist. Ich hab ja gedacht, er ist gestorben, Herzinfarkt oder so was. Er ist aber nicht daran gestorben. Bin in meinem Zimmer gesessen und hab überlegt, wieso der Opa gestorben ist. Mir haben die ja nichts gesagt. Haben ja nie was gesagt. In dieser Familie sagt nie wer was. Acht Geschwister und Totenstille, wenn's wichtig wär. Ist eh egal. Bring mir noch ein Bier mit, aber ein kaltes, und beeil dich, ich hab Durst.
Wo warst du so lang? So genau wollt ich's nicht wissen, prost. Das ist fast kalt, das Bier. Bier muss kalt sein. Früher hab ich zum Einschlafen manchmal ein kleines Bier gekriegt, das war immer zu warm, ich hätt mich jedes Mal fast übergeben müssen. Aber die Wirkung war schon gut. Saugut war das Bier. Wenn's nicht so warm gewesen wär. Später hab ich nur noch kaltes Bier getrunken, bei den Feten und am See, wenn wir beim Zelten waren. Zahlen tu ich's selber. Wehe, du lädst mich ein, das mag ich nicht, hast du das verstanden?
Was los war mit dem Opa Niklaus? Aufgehängt hat er sich, im Baum, im Apfelbaum im Garten hinterm

Haus. Verstehst du das, Rainer? Der hat sich aufgehängt, und meine Mama sagt: Der Opa ist tot. Wenn einer sich aufhängt, dann ist der doch nicht einfach tot. Dann ist der tottot. Kapierst du das? Ich hab das nicht kapiert, ich nicht. Ich bin in meinem Zimmer gesessen und hab mit dem Herrgott geredet. War ja sonst keiner da, und der Herrgott war auch nicht da. Hab halt nicht gewusst, an wen ich hinreden sollt. Und still sein wollt ich nicht. Als Kind musst ich jeden Sonntag in die Kirche, und in der Schule haben wir auch gebetet, in der Grundschule. Ich hab zu ihm gesagt: Wieso hat der Opa sich aufgehängt? Keine Antwort. Scheiß drauf. Hab ich wieder gefragt: Wieso hat der Opa sich aufgehängt im Apfelbaum? Keine Antwort. Ist ja klar. Ich hätt meine Freunde bei den Lokalisten fragen können, hab ich nicht dran gedacht, erst später. Merkwürdig, oder? Hab echt den Computer vergessen an dem Nachmittag. Das passiert mir sonst nie. Hab geredet und geredet, vorm Fenster, hab mich an den runden Tisch gesetzt, an dem ich manchmal les, wenn ich meine Ruhe haben will und nichts los ist und niemand erreichbar ist online. Niemand, der was zu sagen hat. Dann les ich und bin still. Aber still sein konnt ich an dem Nachmittag nicht. Das war der 3. Dezember. Am 3. Dezember vor einem Jahr hat er sich aufgehängt. Schnee war ja nicht, alles trocken. Und niemand ist ins Zimmer 'kommen. Jetzt ist das Bier schon wieder leer.

Niemand. Die haben gesagt, ich soll da warten. Bitte, wart in deinem Zimmer, hat die Mutter zu mir gesagt. Und mein Vater hat bloß geschaut und hat sich wie der Zittermani einen Kaffee eingeschenkt. Total gezittert hat der, ich hab gedacht, gleich fällt ihm die Tasse aus der Hand. Dann bin ich ins Zimmer rüber und wollt heulen. Ging nicht. Ich hab nicht heulen können, obwohl der Opa Niklaus gestorben ist und sich aufgehängt hat und keiner weiß, wieso. Er hat überhaupt nichts gesagt vorher, er hat keinen Brief geschrieben, nicht mal einen Zettel, verstehst du das, Rainer? Und ich sag: Wieso hat er keinen Abschiedsbrief geschrieben, das musst du doch wissen! Sag ich zum Gott in meinem Zimmer, weil sonst niemand da war, kein Mensch, kein Hund. Bloß den Gott hab ich mir eingebildet, wie früher in der Kirche, als kleines Mädchen. Sag was!, sag ich. Sag was! Warum hat er das gemacht? Ich hab überhaupt nichts mehr verstanden, nichts mehr auf der Welt, ich hab nichts mehr verstanden, alles, was passiert, alles, was ich kenn. Nichts mehr verstanden, verstehst?
Der Opa Niklaus ist mit mir durch den Ort 'gangen, im Schnee, obwohl er eigentlich im Wirtshaus hätt' sein müssen. Aber er hat zum Benedikt gesagt, er soll eine Stunde auch den Tresen machen, und dann sind wir raus in den Schnee, und der Opa hat mich auf die Schulter genommen, und so sind wir los. Wir zwei. Vor jedem Schaufenster sind wir stehen blieben und haben

geschaut, ob ein Nikolaus drin steht. Manchmal ist einer drin gestanden und hat genickt. Oder geleuchtet. Geblinkt hat der Nikolaus dann. Das sind meine Brüder, hat der Opa Niklaus gesagt, und ich hab ihm auf den Kopf geklopft. Das durft' ich nämlich. Quer durchs Dorf sind wir gelaufen, ich auf seiner Schulter, und der Schnee hat geknirscht unter seinen Fellstiefeln, und die Luft war kalt und schön und schneeig, und ich hätt noch stundenlang weiter reiten können auf der Schulter vom Opa Niklaus. Aber er musst' ja zurück in sein Gasthaus. Weil, weißt du, Rainer, wenn der Benedikt länger als eine Stunde allein bedient hat, dann ist das Chaos ausbrochen, auch wenn bloß fünf Gäste da waren. Der Benedikt ist nicht mehr nachkommen mit dem Ausschenken und Abräumen und Einschenken und Gläserabspülen. Hat der dann nicht mehr geschafft. Hat jeder gewusst. Der Benedikt war immer schon langsam, als Kind hat er gehinkt, er war auch nur kurz in der Schule, trotzdem war er ein Superkellner. Wenn der Opa auf ihn aufgepasst hat und ihn angeschubst hat und ihn auch mal zusammengestaucht hat. Dann war der ganz ernst und bedrückt, der Benedikt, und hat sich total bemüht.
An den Benedikt hab ich auch denken müssen und an das Gasthaus. Das hat der Opa schon längst verpachtet, er ist immer noch reingangen und wir auch, meine Freunde und ich und alle. Den Hofbräu am Bahnhof gibt's bis heut. Da wär ich lieber gesessen als in mei-

nem Zimmer am 3. Dezember den ganzen Nachmittag lang. Vielleicht hätt der Benedikt mir eine Antwort geben können. Ist eh egal.
Ich hab an Gott hingeredet, und er hat nicht geantwortet. Und niemand ist ins Zimmer ’kommen. Die Mutter und der Vater sind draußen gewesen, im Wohnzimmer, in der Küche, irgendwann sind die zwei Brüder und die zwei Schwestern von meinem Vater ’kommen und dann sogar die zwei Schwestern meiner Mutter von Schongau und Penzberg rüber. Und dann sind alle um den Tisch gesessen und haben geheult, und ich konnt immer noch nicht heulen. Bringst mir jetzt noch ein Bier oder nicht? Wieso soll ich erst was essen? Spinnst du? Lass mich in Ruh. Ich will jetzt nichts. Ich bleib hier sitzen, bis die Sonne weg ist, und dann such ich die Freundin von der Nadja, das hab ich dir doch erklärt, hör doch mal zu! Außerdem sollst du mich nicht so anglotzen, das ist ekelhaft, das bringt gar nichts. Glaubst du, ich will was von dir, bloß, weil ich mit dir red? Ich sag jetzt nichts mehr.
Ich brauch dich nicht zum Zuhören. Ich brauch niemand zum Zuhören. Schleich dich, schöne Grüße nach Ludwigsburg, lass mich in Ruh.
Das ist doch eine Verblödung, dass man das ganze Leben lang lernt, sich hinknien und Hände falten und Herrgott anrufen und bitten und fürbitten, und der Opa hängt sich trotzdem auf. Ich bin in dem Zimmer gesessen. Warst du dabei? Also red mir nicht drein.

Sei einfach mal still, halt die Klappe oder hol mir ein Bier, sonst hol ich mir selber eins. Die Sonne ist eh gleich weg.
Wenn ich aus dem Fenster schau, seh ich die Gleise, da fährt ein Regionalzug nach München. Obwohl nicht viele Leut den benützen, die Touristen kommen alle mit dem Auto. Ich hab ihn gefragt, ob der Opa krank war. War der Opa krank?, frag ich. Draußen geht der Wind. Föhn war, ein Sauföhn, bei dem alle Kopfweh kriegen, die empfindlich sind. Ich nicht, die Älteren schon. Der Opa Niklaus hat auch unter dem Föhn gelitten, deswegen hängt man sich aber nicht auf. Hab ich Gott gefragt: Hat der Opa sich wegen dem Föhn in den Baum gehängt? Da hat's grad an der Haustür geklingelt. Irgendeine meiner Tanten ist 'kommen, und es ist viel geweint worden im Flur. Hab ich gehört im Zimmer. Ich wollt ja auch weinen, ich hab fest in meine Augen reingepresst, von innen her, ganz fest. Ist nichts passiert, hat nicht geklappt. Bin ich vorm Fenster am runden Tisch gesessen, und es ist Abend 'worden und ich bin immer noch dagesessen.
Verstehst du das, Rainer? Wieso haben die mich weggeschickt? Wieso hab ich mir das gefallen lassen? Ich war dreizehn, ich lass mir sonst auch nichts gefallen, von niemand, von meiner Mutter und meinem Vater erst recht nicht. Wenn die zum Beispiel sagen: Komm her, Kati, dann komm ich nicht. Weil ich Katja heiß, ist ja klar. So Sachen, aber auch andere, wichtigere, in

der Schule oder beim Fußball. Schau nicht so wie einer, der gleich kotzt. Ich spiel Fußball, und zwar im Tor, ich bin Torhüterin, vielleicht mach ich das mal professionell, woher willst du das wissen? Ich halt meinen Strafraum sauber, ich schrei die alle nieder, wenn sie nicht machen, was ich will, die Verteidigerinnen. Ich stell die richtig hin, wenn Freistoß ist, das kannst mir glauben. Ist mir egal, ob du das glaubst.
Jetzt ist das Bier genau richtig kalt, dank schön. Ja, prost, passt schon. Übertreib's nicht mit der Höflichkeit. Weiß ich doch nicht, wieso ich nicht einfach raus bin aus dem Zimmer. Frag mich doch nicht so blöde Sachen. Weiß ich selber, dass das eine einzige Verblödung war, was ich da gemacht hab. Weiß ich doch selber, red mir nicht dauernd drein, halt endlich die Klappe. Kannst du nicht einfach mal still sein und nichts sagen? Schwaben müssen dauernd was labern. Ja, sei still, trink dein Bier, passt schon.
Ich hätt rausgehen können, aber ich hab so viel denken müssen. Und sagen müssen. Ich bin vor lauter Nachdenken nicht zum richtigen Denken kommen. Verstehst? Dauernd hab ich bloß an den Opa Niklaus denken müssen und wieso der nie einen Ton gesagt hat. Hätt der doch machen können. Hätt sagen können: Mir geht's nicht gut, oder so. Die Oma ist schon vor zwanzig Jahren gestorben, an der kann es nicht gelegen haben. Was gibt's da zu lachen? Hör sofort auf. Was verstehst du eigentlich von dem, was pas-

siert ist? 3. Dezember war das. Und am 6. Dezember war die Beerdigung. An seinem Namenstag. Und die Sonne hat geschienen. Wie im Sommer. Kalt war's, das ist ja klar, aber die Sonne war irrsinnig hell und der Himmel irrsinnig blau. Wie abgeschliffen hat der ausgeschaut. Als wär der Herrgott vorher mit seiner Schleifmaschine drüber 'gangen und hätt' den ganzen Himmel über Schäftlarn blitzblank geschliffen. So hat das ausgeschaut. Und ich hab die ganze Zeit hinschauen müssen, am Grab. Wollt nicht dauernd in die Grube schauen und die Kränze mit den Schleifen anschauen, ein Riesenberg ist das gewesen. Den Opa Niklaus kannte ja jeder im Dorf und in der Gemeinde, der Friedhof war voll von Leuten. Ich musst' zwischen meiner Mutter und meinem Vater stehen und bin mir eingesperrt vor'kommen wie in meinem Zimmer am 3. Dezember. Ich wollt bloß weg. Raus wollt ich, verstehst du das? Ich wollt nicht dastehen und immer noch nicht wissen, warum der Opa sich in den Baum gehängt hat. Der Pfarrer hat's auch nicht gewusst, der hat sein Zeug erzählt, ich hab nicht hingehört. Dafür hab ich dauernd zum Himmel geschaut, meine Mutter hat an meinem Arm 'zogen, damit ich mich zusammenreiß und anständig den Kopf senk und andächtig bin. Die hat überhaupt keine Ahnung gehabt. So andächtig wie ich in meinem Zimmer war niemand im ganzen Dorf, das schwör ich dir, Rainer. Wenn einer in einer Andacht war, dann ich. Und sonst niemand.

Niemand, niemand. Jetzt hab ich das Bier schon wieder leer getrunken. Da hätt mich der Opa ganz schön geschimpft.
Das hättst jetzt nicht machen müssen, ich kann auch selber reingehen und ein Bier holen. Ich hätt' dir auch eins mitgebracht, ist ja klar. Prost, passt schon. Dank schön auch. Weißt, und jetzt wollten sie, dass ich zum Andachtsgottesdienst mitgeh, ein Jahr später. Dass wir uns alle in der Kirche versammeln, und der Pfarrer sagt wieder was, und dann gehen wir auf den Friedhof und stellen uns ans Grab. Das macht man so bei uns. Ich nicht. Ich wollt nicht wieder eingequetscht dastehen, mit niemand um mich rum, der mir sagen kann, warum der Opa Niklaus sich in seinen Apfelbaum gehängt hat und gestorben ist, obwohl er nicht krank war und nie einen Ton gesagt hat, dass ihm was fehlt. Ich wollt das nicht. Verstehst?
Da bin ich weg. Wann die Züge kommen, das weiß ich genau, auf die Minute, hab ich schon als Kind gewusst. Hab meine Sporttasche 'packt, mit der ich immer zum Fußball geh, und bin heimlich unten raus aus dem Haus und zum Bahnhof. Der Zug ist pünktlich 'kommen. Schon war ich in München. Dann hab ich geschaut, wann der nächste Zug nach Berlin geht, wo ich nicht umsteigen muss, und das war's, hier bin ich.
Ein Jahr ist vergangen, und der Baum hat schöne Äpfel 'geben, ich hab keinen 'gessen. Hab ich nicht fertig-

'bracht. Da schaust. Kannst ruhig schauen. Wiedererkennen wirst mich eh nicht später. Und identifizieren kannst mich auch nicht, wenn die Polizei dich nach mir fragt. Die fahren schon die ganze Zeit da vorn rum, ich muss gleich los, weil erwischen lass ich mich nicht. Heut Nacht schlaf ich bei der Freundin von der Nadja, die Adresse von der hab ich dabei, die wohnt hier im Osten, nicht weit vom Alexanderplatz. Da geh ich gleich zu Fuß hin, das find ich. Was ich dann mach? Geht dich das was an? Willst mich aushorchen? Das haben schon andre versucht.
Kaum war ich aus meinem Zimmer raus, haben sie mich ausgehorcht. Das war sehr lustig. Scheißlustig war das. Wollten wissen, ob der Opa Niklaus was zu mir gesagt hat, was vom Sterben. Hab ich gesagt: Nein. Sie haben nicht locker'lassen, haben mir nicht geglaubt, die ganze Verwandtschaft nicht. Haben sich um mich rumgestellt und mich angeglotzt so wie du. So ähnlich wie du. Du schaust ja bloß so, weil du besoffen bist. Aber die waren nicht besoffen. Die haben mich ausgehorcht. Da haben sie lang horchen können. Ob der Opa mir was anvertraut hätt. Ob er Andeutungen gemacht hätt. Ob ich eine Ahnung gehabt hätt. Hab ich gesagt: Der Opa hat's so entschieden, und ich hab ihm vergeben. Hab ich denen ins Gesicht gesagt. Haben sie geschaut mit ihren Augen.
Hat nicht gestimmt. Vergeben hab ich dem Opa Niklaus jetzt grad erst, vor einer Minute. Als ich so fest

an ihn gedacht hab, dass mir ganz schwindlig 'worden ist, und als ich dich angeschaut hab, weiß auch nicht, wieso. Da hab ich ihm vergeben, ganz plötzlich. Jetzt. Ein Jahr später. Ganz ehrlich und richtig. Passt schon, Opa Niklaus, passt schon alles, ist nicht wichtig, ob ich dich versteh, Hauptsach, du hast dich selber verstanden am 3. Dezember vor einem Jahr. Ja? Ja schon.
Geh bloß weg! Schleich dich mit deinen Pratzen, ich mag das nicht, wenn mir einer ins Gesicht langt. Hast noch nie ein Mädchen weinen sehen? Schau weg, schau bloß woanders hin. Das ist so gemein. Ich hab gleich gewusst, dass das ein Fehler war, dass ich dir erlaubt hab, dich herzusetzen. Lass mich in Ruh, ich hab noch was vor.

Jens Petersen
Wie alle es tun

Es war nach dem Klassenfest. Wir hatten Stechen gespielt. Benni saß auf dem Turnhallendach und summte Lieder von Beck, und Anke flirtete vorne in der Aula mit Herrn Müller-Schwan. Ich war gerade auf der Suche nach meinem zerfetzten Streifenschal, der irgendwo in dem Haufen aus Jacken, Hosen und Handschuhen lag.

Marie hatte ihren Pulli gesucht.

»Wer bist eigentlich du«, sagte sie.

»Ich bin in der Neunten«, log ich sie an.

»Glaub ich nicht«, sagte Marie.

»Sebastian.«

»Marie. Bist du neu hier? Ich hab dich vorher noch nie ... Du bist ganz schön süß«, sagte sie. »Sollen wir spazieren gehen?«

Wir gingen in den Wald. Marie hatte rotes Haar, und wenn sie lächelte, wusste man nicht, was man sagen sollte. Ich sah sie von der Seite an, und wenn sie zurücksah, guckte ich schnell wieder auf den Weg.

»Was machst du so«, sagte sie.

Ich erzählte ihr, dass ich nicht bloß Schüler, sondern auch Schriftsteller war und Science-Fiction-Geschichten schrieb, die ich mit Wollfäden band und bei Familienfesten an meine Tanten verkaufte. Ich erzählte ihr auch, dass ich ein paarmal in Berlin gewesen war und öfters Bier und auch ein paar von den härteren Sachen trank.

Marie machte ziemlich große Blasen mit ihrem Kaugummi.

»Kommst du mal mit? Ich möchte dir was zeigen«, sagte sie.

Wir liefen ein Stück, bis wir in eines der Neubaugebiete kamen. Ihre Eltern hatten ein Haus, das ein bisschen größer als unseres war: mit einem Rasen vorn und hinten, breiten Jalousien, einem Wintergarten und einem Parkplatz, auf dem kein Auto stand.

»Komm«, sagte sie, nahm meine Hand und schloss die Tür auf.

Wir gingen die Treppe hoch. Sie zeigte mir alles Mögliche: ihren iPod, ihr komisches Schminkdings und ein paar Pokale, die sie bei Sportfesten des VfL gewonnen hatte. Sie grinste mich an. Die Luft roch nach Parfüm und faulem Obst.

»Gefällt dir mein Zimmer?«, fragte sie.

»Ist schön hier«, sagte ich.

»Leg dich da hin.«

Sie drehte sich um und deutete auf das Bett, eine weiße Kiste mit breiten Rüschenkissen und steifen Bezügen.

»Streichelst du mich?«, sagte sie.

Ich sagte gar nichts.

Marie zog mir die Jacke aus. Dann bückte sie sich, löste die Schleifen meiner Schuhe, zog sie mir nacheinander von den Füßen und stellte sie auf den fleckigen Teppichboden.

»Du riechst ziemlich gut«, sagte sie.

Ich warf mich auf das Bett. Marie stand da. Sie zog ihren Pulli aus, hängte ihn über die Stuhllehne und fuhr sich kurz mit der Zunge über die Lippen. Ich sah in den Spiegel an ihrem Schrank, rollte mich zusammen, gähnte kräftig und tat erst mal, als ob ich schlafen würde.

»Was soll denn das«, flüsterte sie.

Ich blinzelte sie an.

»So geht das doch nicht«, flüsterte sie.

»Was denn?«, flüsterte ich.

»Das«, sagte sie.

»Kommt drauf an«, sagte ich.

Ich setzte mich wieder auf und zuckte die Schultern.

»Meine Freunde machen das jetzt immer so«, sagte ich.

Sie hockte sich zu mir auf die Matratze und zog mein T-Shirt hoch. Ich warf mich hin, kniff die Augen zu und tat, als ob ich schnarchte.

»Du spinnst komplett«, sagte sie. »Was ist denn los mit dir?«

Ich schwieg.

»Wir können auch erst mal 'ne Pizza essen«, sagte sie.

Sie kroch aufs Bett, küsste mich zweimal mitten auf die Stirn und strich mit der Hand über eine Stelle, wo es kitzelte. Dann ging sie runter, und ich konnte das Geräusch einer Herdklappe hören.
Ich lag eine Weile einfach da und sah mir die Puppen an, und als ich sie schließlich mit irgendjemandem telefonieren hörte, nahm ich die Jacke, schlich auf Zehenspitzen die Treppe runter, ging zur Haustür, zog sie leise auf und rannte los.

Der Winter begann. Ich schrieb eine lange Science-Fiction-Geschichte, spielte Fußball im Schnee und übte stundenlang Mundharmonika, aber ich konnte nicht aufhören, an Marie zu denken. Am Nikolaustag blieb ich in der Pause allein im Klassenzimmer und roch an ihrem Mantel, der zum Trocknen über der Heizung hing. Ich musste an ihre Finger denken, die kleinen Bäuche der Kuppen, an ihre Augen und an ihre winzige Nasenspitze.
Zwei Wochen später suchte ich ihre Telefonnummer raus, wählte, legte auf, wählte wieder und legte wieder auf; so ging das drei Stunden.
Schließlich kniff ich beide Augen zu und hielt die Luft an, bis sie abhob.
»Ich muss dich sehen«, sagte ich.
»Wozu?«, sagte sie. Ihre Stimme klang anders.
»Bitte«, sagte ich.

Sie trug weiße Stiefel. Es war ein eisiger Tag. Sie sah mich nicht an und erzählte bloß von irgendwelchen Leuten, die sie irgendwann in ihren Urlauben kennengelernt hatte: Massimo, Carlo, Françoise und Alex, der alles für sie tat, der sich sogar auf den Bernhardiner seiner Eltern setzte und eine halbe Stunde am Stück durch das Wohnzimmer ritt. Ich lachte ein bisschen zu laut, ballte die Fäuste in der Tasche und wartete, bis sie einen Augenblick still blieb.
»Sollen wir zusammen sein«, sagte ich schließlich.
Sie blieb stehen und sah mich an.
»Willst du mich verarschen?«
»Nein«, sagte ich.
Wir gingen in Trines Cafe. Ich sah ihr zu, während sie in der Karte blätterte: lackierte Nägel; ihr konzentrierter Blick; die winzigen Falten an der Nase, der blaue Lidschatten. Marie bestellte *Banana Boat*. Ich blätterte selbst in der Karte, überlegte und bestellte schließlich auch *Banana Boat*.
»Bestell doch was anderes«, sagte sie.
»Warum denn?«, sagte ich.
»Weil das langweilig ist.«
»Ist es nicht«, sagte ich.
»Was guckst du mich denn so an?«
»Das ist …« Ich zog die Brauen hoch.
Ich hatte diesen Satz oft von meinem Vater gehört, wenn meine Mutter sich beklagte. »Was guckst du mich denn so an?« – »Das ist Liebe«, sagte er dann.

Marie verdrehte die Augen.
»Ich kann nichts dafür«, sagte ich und schluckte eine Träne runter. Ich schluckte noch eine runter und begann schließlich zu heulen.
»Bin gleich wieder da«, sagte Marie. Sie ließ ihren Löffel fallen, stand auf und ging Richtung Klo.
Ich wartete fast eine Stunde auf sie. Ich trank zwei Vanille-Cola. Zuerst dachte ich, sie hätte vielleicht eines der Probleme, die Frauen manchmal haben. Ich ging hinterher, zog die Tür vom Damenklo auf und rief ihren Namen.
»Marie«, rief ich.
Aus den Kabinen kam keine Antwort.
»Marie?«
Eines der beschlagenen Fenster klapperte leise im Wind.

Ich lief eine Weile herum und versuchte, mir Mühe zu geben. Was soll's, dachte ich. Sie war kein Wunder. Sie war bloß die erste Frau, in die ich verliebt war.
Ich gab dem Bettler drei Euro fünfzig. Dann ging ich auf den Spielplatz und setzte mich in das Holzboot. Ich rieb mir die Hände und dachte über alles nach, über ihren Mund und darüber, wie sie Dinge sagte: so, als seien sie wahr – als hätten bloß Dinge, die Marie ausgesprach, irgendeinen Sinn.

Ich schrieb einen Brief: *Liebe Marie.*
Ich wusste nicht weiter. Ich malte zwei dürre Männchen, die sich in die Augen sahen. Dann schrieb ich Zitate aus meinem Lieblingsfilm *Blade Runner* dazu, Sätze über Glück und Unglück und die Ewigkeit. Ich schrieb, dass ich mich fühlen würde wie Deckard in der Szene, in der er an dem Mauervorsprung an diesem Wolkenkratzer hängt. Ich schrieb den Satz, den der Replikant in der Szene spricht: *I've seen things you people wouldn't believe. Attack ships on fire off the shoulder of Orion. I watched c-beams glitter in the dark near the Tannhauser gate. All those moments will be lost in time, like tears in rain.*
Ich fuhr mit dem Rad hin und setzte mich auf die eisbedeckte Bank bei den Steineichen gegenüber ihrem Haus. Ich zog die Mundharmonika hervor und beobachtete die Tür. Eigentlich war es keine Tür, eher eine Art Tor. Ich sah meinen Atem Wölkchen werfen, sah hinauf zu Maries Fenster, dem dritten im ersten Stock, einem runden zwischen zwei eckigen. Dort lebte sie. An der Scheibe klebten noch zwei Osterhasen, obwohl in drei Wochen Weihnachten war. Einmal ging Licht an und ich dachte, dass sie mich entdeckt hätte und mir ein Zeichen schicken wollte.
Ich schrieb ihr eine SMS: *Guck mal raus, Marie!* Der Vorhang bewegte sich. *Und, wen siehst du?* Ich schrieb ihr noch mehr von der Sorte, und irgendwann schrieb

ich: *Marie. Nimmst du mich in den Arm? Ein einziges Mal? Philipp.*

Ich lief eine Weile herum, hockte mich vor einen eingeschneiten Strauch, klappte mein Handy zu und klappte es wieder auf. Ich schwenkte das Handy hin und her, schob es mir in den Mund, warf es weg, grub es aus einem grauen Schneeberg hervor, zog die Handschuhe aus und ließ meinen blaugefrorenen Daumen über die Tasten gleiten.
Marie, schrieb ich.
Ich legte mich hin und schloss die Augen.
Die Haustür öffnete sich, und Marie kam raus und lächelte und fiel neben mir in den Schnee.
»Meine Mutter hat Tee gekocht«, sagte sie.

Björn Kern
Mittsommer

Ich schlief nicht in diesem Frühsommer. Wenn andere müde wurden, wurde ich richtig wach. Sobald die Rollläden der Nachbarn herunterratterten, spürte ich das Adrenalin in den Adern, dann verließ ich das Haus und rannte über die Felder, und wenn ich zurückkam, war ich noch fitter als davor.
Musikanlage und Computer blieben die ganze Nacht auf Standby; ohne die kleinen Lichter begann mein Zimmer in der Dunkelheit zu schaukeln. Ich war zu alt, um Angst vor der Nacht zu haben, und ich war auch kein Mädchen, doch die Nächte scherten sich nicht darum, sie wurden immer länger und immer dunkler, und laut und unrhythmisch pumpte Stunde für Stunde mein Herz.
Schon am frühen Abend glaubte ich, entweder nicht einschlafen zu können oder aber nie wieder aufzuwachen, in mancher Nacht schlug mein Herz so laut, dass ich es klopfen hörte, und manchmal lösten sich dunkle Schatten aus den Zimmerecken und sanken auf mich herab.
Ich studierte dann Trompetenläufe mit den Fingern ein, presste die Lippen gegen das Mundstück und jagte erbärmliche Töne hindurch. Die Schatten krochen

zurück in ihre Ecken, sobald die blechernen Töne erklangen, auch die bunten Bilder auf der Netzhaut verschwanden, die Körperteile und Filmsequenzen; aber irgendwann klopfte es von oben wüst gegen die Decke, und ich steckte das Mundstück zurück in den Trompetenkoffer.

Am Morgen radelte ich schlingernd zur Schule, manchmal hatte ich ein paar Minuten geschlafen und manchmal auch nicht. Vor mir wechselten sich die Lehrer ab und ihre Themen. *Hundertjähriger Krieg* glaubte ich zu hören, *Quadratwurzel* und *Photosynthese*, aber sicher war ich mir nicht. Die Mädchen sahen mir längst nicht mehr in die Augen, sondern auf die dunklen Ringe darunter, und wenn ich am Mittwoch bereits das dritte Mal zu spät kam, sagten sie: Mit dem stimmt doch was nicht!

Machst du auch ins Bett?, hatte Jan vor Monaten gefragt, als ich ihm erzählte, dass mir nachts der Schweiß ausbrach und dass ich dunkle Schatten in den Zimmerecken sah; Jan spielte Schlagzeug, und Schlagzeuger schliefen binnen Minuten ein.

Außer Jan wusste niemand von meinen Nächten, auch mein Vater nicht, wir sahen uns kaum. Nur am Samstag erwartete er eine kurze Zusammenfassung der Woche, aber bis dahin hatte ich ein wenig geschlafen; und sonntags gingen wir angeln oder bei Regen zum Squash, dabei brauchte man nicht zu sprechen.

Wenn ich unter der Woche aufstand, saß mein Vater längst im Flieger, und wenn ich ins Bett ging, war er noch nicht zurück. Erst nach Mitternacht hörte ich seinen Schlüssel in der Wohnungstür, mein Vater zog sich als Erstes die Schuhe aus, um nicht zu laut über das Parkett zu klacken, dann nahm er sich ein Bier aus dem Kühlschrank, ich hörte es klirren, dann zischen. Er schien nicht fernzusehen und nicht zu telefonieren, während er trank; erst wenn er sich das zweite Bier nahm, waren wieder Geräusche zu hören, die Schritte, das Klirren, das Zischen, kurz darauf ging er zu Bett.
Nicht selten war ich noch immer wach, wenn um Viertel vor sechs das Klingeln seines Weckers durch die Wand drang, mein Vater war stets bemüht, das Gerät möglichst schnell abzuschalten, vorsichtig tappte er dann in die Dusche, zum Kleiderschrank, in die Küche und bald darauf aus dem Haus. Ich zählte jeden seiner Schritte im Treppenhaus, nach vierzehn entstand eine Pause, und kurz darauf fiel die Haustür ins Schloss.
Danke!, schrieb ich eine Stunde später auf den Zettel, auf dem mein Vater *Für dich!* notiert hatte. Dann legte ich den Zettel zurück zu den lackglatten Äpfeln aus dem Flughafenshop, die Äpfel schmeckten nach Chemie und nach Kerosin, ich aß nicht einen davon. Nun hatte ich meine Pflicht erledigt und brauchte später nicht mehr *Gute Nacht!* an den Kühlschrank zu pinnen.

In der dritten Schulstunde, wenn ich nicht wusste, ob mich zuerst der Hunger oder die Müdigkeit zur Strecke bringen würde, gab ich vor, auf die Toilette zu müssen; dann lehnte ich für die Dauer eines Minutenschlafs an den kalten Kacheln und roch den Gestank nach Kalk und Urin.

Als ich glaubte, den Tiefpunkt erreicht zu haben, nicht einen einzigen Tag mehr durchzuhalten und alsbald beim Radfahren aufs Pflaster zu knallen oder in der Schulkantine über der Lasagne einzuschlafen, sprach unser Dirigent von der Orchesterfreizeit.
Eine Woche Schweden, sagte er, das ganze Schulorchester, jeder darf mit!
Jan reckte seine Schlagzeugklöppel in die Luft und stimmte in den allgemeinen Jubel mit ein.
Auch das noch, dachte ich.
In vier Wochen, sagte der Dirigent. Ende Juni geht's los!
In den folgenden Nächten konnte ich mich nicht mehr mit Trompetenläufen beruhigen. Wenn ich den schwarzen Instrumentenkoffer auch nur ansah, dachte ich an schummrige Tage im hohen Norden, an denen sich bis auf wenige Minuten kein Tageslicht zeigte, an dunkle, dichte Wälder, an fremde Betten, an fremde Zimmer und fremde Geräusche tief in der Nacht. Die Schatten in meinen Zimmerecken begannen zu zittern, als lachten sie mich aus,

eine übermüdete Woche darauf stand der Entschluss fest.
Ohne mich!
Nach der nächsten Probe ging ich vor zu unserem Dirigenten. Er sah nicht aus wie ein Dirigent, sondern wie ein Schuhverkäufer, er hatte kurze, schwarzgeölte Haare und war höchstens dreißig Jahre alt.
Ich geh nicht mit, sagte ich.
Die Saxophonisten und Bassisten liefen zwischen uns durch und lärmten zum Ausgang, der glatte Typ, der die erste Trompete spielte und noch niemals ein Wort an mich gerichtet hatte, warf mir ein kurzes Nicken zu, das eher wie ein Kopfschütteln aussah.
Und warum?, fragte der Dirigent.
Ich sah mich um. Der Probenraum war leer. Nur Jan wartete an der Tür.
Keine Ahnung, sagte ich.
Es schien ihn nicht ernsthaft zu interessieren.
Überleg es dir noch mal, sagte er und packte seine Notenblätter zusammen.
Jan begleitete mich hinaus.
Ich hatte erwartet, dass er mir empfehlen würde, Windeln mitzunehmen, damit ich nicht in fremde Betten machte, oder eine Flutlichtanlage gegen die Finsternis, aber er legte einen Arm um meine Schulter und lief eine Weile schweigend neben mir her.
Du meinst das ja ernst, sagte er dann.
Ich sah ihn fragend an.

Mit den Nächten, erklärte er.
Bevor sich unsere Wege auf der Brücke trennten, blieb er noch einmal stehen, und mit einer Ernsthaftigkeit, die mich erschreckte, sah er mir ins Gesicht.
Du kannst dich doch nicht zu Hause einschließen!
Ich überleb das nicht, sagte ich.
Komm mit!
In der Nacht fielen Schatten von Tannen und Rentieren über mich her, die matten Standby-Lichter von Computer und Stereoanlage kapitulierten vor der Nacht, Schweiß brach mir aus, mit jedem Herzschlag sprang mein Brustkorb einen Schlag weit nach oben, mir wurde schwindlig, dann heiß und dann kalt.
Ich hörte Rollläden heruntersausen und wieder hinaufrattern, ich hörte meinen Vater nach Hause kommen, ich hörte die Bierflaschen klirren, dann zischen, ich hörte seinen Wecker und die Dusche und die Haustür im Schloss.
Zum ersten Mal im Ausland, dachte ich, und dann auch noch in fortwährender Dunkelheit. Es machte mir nichts aus, ohne meinen Vater zu sein, ich kannte ihn ohnehin kaum, und meine Mutter hatte ich das letzte Mal gesehen, als ich sechs war. Aber der Gedanke an vierundzwanzig Stunden Dunkelheit ließ mich erzittern; was sollte ich in einem Land, in dem ich mich nicht verständigen konnte, in einem Zimmer, in dem ich nachts keine Trompetenläufe spielen konnte, in dem fremde Wesen von den Decken auf mich he-

rabglitten und in dem auch nach den längsten Nächten keine Morgendämmerung heraufzog?

Ich fuhr den Computer hoch und recherchierte im Internet. Ein Fünftel aller Schweden war alkoholkrank, die Zahl der Quartalssäufer in den dunklen Tagen nicht mitgerechnet, die Anzahl der Selbstmorde verdoppelte sich, sobald die Sonne verschwand, und die Plätze in den Psychiatrien wurden eng.
Kein Wunder, dachte ich.
Und dann stieß ich auf etwas, das mich irritierte.
Als Mittsommerfest werden die Feierlichkeiten zur Sommersonnenwende bezeichnet. In den nordischen Ländern, in denen die Nächte zu dieser Jahreszeit kaum dunkel werden (»Weiße Nächte«), sind diese Bräuche besonders lebendig. Die Mittsommernacht fällt nach dem Julianischen Kalender auf den 24. Juni.
Kaum dunkel?
Im Land der dauernden Finsternis?
Da konnte etwas nicht stimmen. Wahrscheinlich gehörte der Artikel zu dem Drittel, das bei Wikipedia frei erfunden war. Dennoch las ich weiter.
Der dunkelste Monat des Jahres hingegen ist der Dezember mit seinen langen Nächten. Die längste Nacht des Jahres wird am 13. Dezember mit dem Luciafest begangen.
Ich schmunzelte.

Es schien, als hätte ich in Erdkunde nur das behalten, was mich am meisten erschreckte: die Finsternis. Dass es aber neben den Nächten, die niemals zum Tag wurden, auch Tage gab, die niemals zur Nacht wurden, hatte ich schlicht verdrängt.
Vierundzwanzig Stunden Helligkeit!
Warum war das nicht immer so?
Auch diese Nacht schlief ich nicht, aber ein schmales Lächeln löste sich nicht von meinen Lippen. Als mein Vater zur Arbeit aufbrach, tat ich, als wäre ich zufällig wach, und wünschte ihm einen schönen Tag. Erstaunt sah er mich an.
Alles okay?, fragte er.
Absolut, sagte ich.
Selbst das Radfahren fiel mir leichter als sonst, und in der Schule setzte ich mich neben Jan.
Was ist denn mit dir los?, fragte er.
Ich komme mit!
Er schlug mir auf die Schulter, wie er es sonst nur mit seinen Schlagzeugern tat. Er schien sich wirklich zu freuen. In der Pause sprachen wir von der Busfahrt, wir wollten unbedingt nebeneinander sitzen, wir sprachen von den Schweden und von den Schwedinnen, und dann erzählte ich ihm von der Mittsommernacht.
Weiß ich schon, sagte er. Haben wir doch alles durchgenommen!
Da war ich wohl krank!

Der Bus war ein Doppeldecker, der Platz für das gesamte Schulorchester und alle Begleiter bot, Jan und ich saßen im Oberdeck und hatten freien Blick durch die riesige Windschutzscheibe. Weit unter uns wurden letzte Instrumentenkoffer und Notenständer umgeladen, alle riefen durcheinander, und das viel zu laut, endlich startete der Motor.

In den ersten Kurven zog ich unwillkürlich den Kopf ein, so weit scherte der Bus aus, wir streiften Tannen und Äste und um wenige Zentimeter auch das eine oder andere Schild. Jan kramte Bier hervor und verteilte es großzügig, selbst der Typ, der die erste Trompete spielte, wurde schlagartig freundlich, und reihum stießen wir an.

Auf Schweden!, riefen sie.

Auf die weißen Nächte, dachte ich.

Auch die Nacht im Bus schlief ich nicht. Das Rufen und Schreien hatte nach dem Bier seinen Höhepunkt erreicht und war danach bald leiser geworden, die Ersten verstummten und klappten ihre Liegesitze nach hinten, die Oboistinnen lachten noch eine Weile über den Zeichentrickfilm, der im Bordfernseher lief, dann wurden auch sie ruhig, und die Ersten begannen leise zu schnarchen.

Ich verfolgte die Lichter der Nacht wie bei einem Computerspiel, ich war gefesselt von den Rotlichtern der Ampeln und von den weiß fluoreszierenden Mittelstreifen, ich versuchte, alle Städtenamen zu entzif-

fern und mir die Entfernungsangaben einzuprägen, ich kniff die Augen zusammen, wenn uns ein entgegenkommender Truck blendete, die Scheinwerfer der Kleinwagen blendeten nicht hier oben, mehrere Meter über der Straße.
Gut geschlafen?, fragte Jan, als über der Autobahn die Sonne aufging.
Bestens!, rief ich.
Auf der Fährfahrt bereute der Dirigent kurzfristig, uns mitgenommen zu haben, die Waldhörner jagten die Oboistinnen über das Vorderdeck, die Trompeter rauchten auf den Toiletten für die Besatzung, und Jan und ich standen an der Reling und taten, als gingen wir über Bord.

Schweden gefiel mir sofort, die Weite, die Stille, die klare Luft. Stunde um Stunde ging es nur geradeaus, mitten durch die Wälder, selbst im Bus roch es nach Tannen und nach trockener Erde, alle sahen aus den Fenstern, und niemand sprach. Jan und ich waren beinahe auf einer Höhe mit den Wipfeln; und wenn es bergab ging, konnten wir über ein grünes Meer aus Bäumen hinwegsehen, das bis an den Horizont reichte. Darüber wölbte sich ein weiter, milchblauer Himmel.
Das Mittsommernachtsfest verpassten wir um genau einen Tag. Es hatte nicht am 24. Juni und auch nicht am 21. Juni stattgefunden, sondern am Freitag davor.

Das Austauschorchester spielte uns ein Begrüßungsständchen, es klang dermaßen verkatert, dass man sich leicht vorstellen konnte, was hier in der Nacht zuvor passiert war.
Später tischten die Schweden für uns Jungkartoffeln mit Hering und Sauerrahm auf, dazu Schnittlauch und Käse auf Knäckebrot. Wir aßen unter freiem Himmel auf Holzbänken, beim Bier hielt ich mit, beim *Nubbe* aber, einem scharfen Schnaps, setzte ich aus.
Die Mädchen trugen noch immer die Festkleider vom Vortag, manche hatten ihre Birkenzweige im Haar behalten, die inzwischen verwelkt waren; ich stellte mir vor, wie albern sie damit in Deutschland aussehen würden, und wunderte mich, wie selbstverständlich sie sich hier, an ihrem Feiertag, damit aufführten.
Die Orchesterleiter hatten immer einen Schweden neben einen Deutschen gesetzt, als wären wir im Kindergarten, und immer ein Mädchen neben einen Jungen. Es fiel mir schwer, meine Nachbarin anzusprechen, aber nach einigen *Nubbe* sprach sie dafür mit mir.
Sie spielte auch Trompete, natürlich die erste, wir imitierten einige Läufe und lachten, sie fragte mich nicht, wie ich hieß und wo genau ich herkam und diese Sachen, sie interessierte sich nicht für meine Familie und nicht für meine Hobbys, sie berichtete einfach vom Vorabend, wer wann vom Mittsommernachtsbaum gestürzt war und wer wann unterm Tisch gelegen hat-

te; hin und wieder deutete sie auf einen ihrer Kollegen, und dabei hörte sie nicht eine Sekunde auf zu lachen, und ich lachte mit.

Es war bereits weit nach acht. Eine Zeit, zu der die ersten Nachbarn zu Hause ihre Rollläden herunterließen, zu der sich zu Hause die Stille der Nacht ankündigte und mit ihr das Adrenalin in meinen Adern, hier aber blieb ich ungewohnt ruhig.

Nichts deutete darauf hin, dass der Tag zu Ende ging, es fielen keine länger werdenden Schatten von den Bäumen, es wurde nicht dunkler und auch nicht stiller, im Gegenteil riefen die Schweden immer lauter durcheinander, sie hatten längst vergessen, für uns Englisch zu sprechen und schienen fest entschlossen, an die Mittsommernacht vom Vortag einfach eine zweite anzuhängen.

Meine Nachbarin, deren Namen ich noch immer nicht kannte, hing nun dem schwedischen Schlagzeuger am Hals, sie schienen ein Theaterstück aufzuführen; wie auf Anweisung eines Dirigenten lösten sich ihre fremd klingenden Sprechblöcke ab, alle paar Sekunden übersetzte das Mädchen mir irgendein Wort.

Homesick, sagte sie, *lots of beer* und *love not war*, sie sagte: *darkness*, das letzte Wort, hoffte ich, bildete ich mir lediglich ein. Als ich mich später von ihr verabschieden wollte, war sie plötzlich verschwunden.

Müde stiefelten wir in unsere Herberge. Wir wohnten nicht in einem Blockhaus im Wald, sondern in einem

Betonbunker am Stadtrand, es war schon nach elf und immer noch hell.

Jan und ich landeten in der gleichen Zelle. Wir bezogen die Betten und tranken ein letztes Bier zusammen, dann ließ er das Rollo herunter, und ich brauchte ihn nur anzusehen, ohne ein Wort zu sagen, und er zog es sofort wieder hoch.

Sorry, sagte er.

Bald darauf hörte ich ihn gleichmäßig atmen.

Ich ging ans Fenster. Das Licht draußen war ungewohnt; nicht so grell wie an einem Sonnentag, eher milchig und matt, aber immer noch hell. Ich blickte auf eine Straßenkreuzung, an der große Laternen standen, allesamt ausgeschaltet. Ich ließ den Blick schweifen. Hinter dem Stadtrand begann der Wald. Die Tannen standen nicht schwarz in der Nacht wie zu Hause, sie waren immer noch grün, als wäre es Tag.

Es ging auf Mitternacht zu.

Ich schmunzelte und legte mich ins Bett. Als ich einige Minuten später die Augen öffnete, war es noch immer hell im Zimmer. Die Zimmerecken waren zu nah und zu klar, um Schattenfiguren zu beherbergen. Mein Herz ging gleichmäßig und ruhig. Ich hatte kein Bedürfnis, Trompetenläufe einzustudieren. Hier will ich wohnen, dachte ich.

Dann schlief ich ein.

Alexa Hennig von Lange

Zelten im Garten

Ich hocke auf dem Badewannenrand. Meine Knie zittern. Hinter dem schmalen Oberlicht unseres Badezimmers ist es dunkel, nur der Mond ist im Anschnitt zu sehen. Obwohl ich nicht will, gucke ich immer wieder nach draußen ins Dunkle und befürchte, Chris taucht gleich dahinter auf und brüllt durch die Scheibe, dass ich ihn endlich mal reinlassen soll. Unter uns: Das kann er knicken. Gerade hämmert er mit der Faust von außen gegen die Badezimmertür und ruft ununterbrochen:

»Sarah, mach auf!«

Ich will nicht. Am liebsten würde ich mich im Abfluss runterspülen, nur um zu verschwinden. Das ist echt beängstigend, was der hier abzieht. Mir ist kalt. Ich habe nur eine Unterhose und ein T-Shirt an. Meine Zähne klappern aufeinander, ich sehe runter auf meine nackten Füße und denke: »Hallo, meine lieben Füße. Könnt ihr mir nicht irgendwie helfen?« Ich habe noch nie mit einem Jungen rumgeknutscht, und auf der anderen Seite der Badezimmertür steht einer und will unbedingt. Ich weiß auch nicht, warum. Bis eben war noch alles in Ordnung, na ja, beinahe. Geplant war: Zwei Jungs aus meiner Klasse zelten heute Nacht bei uns im Garten, meine Eltern sind nicht da – und inzwischen knutscht meine ein Jahr ältere Schwester Johanna in ihrem Zimmer mit Lorenz – dem anderen Jungen – rum. Das allerdings war nicht geplant. Meine Schwester ist sechzehn und hat schon einige Erfahrungen in die Richtung gemacht. Bei mir hat es sich bisher einfach noch nicht ergeben. In meine Klasse geht zwar einer – Sven heißt er –, den ich ziemlich niedlich finde. Er spielt Fußball und so weiter. Das heißt, er hat ziemlich muskulöse Beine, außerdem ist seine Mutter bereit, relativ viel Geld in sein Styling zu stecken. Ständig hat er neue Sweatshirts oder teure Jeans an. Trotzdem: Sein Styling mag ich überhaupt nicht, weil ich es eher ausgeflippter mag. Also: alte T-Shirts, alte Jeans und alte Gürtel. Wie auch immer, er ist der Einzige, der sich in unserer Klasse rasieren muss. Darauf stehe ich wiederum total – und ich schätze, das liegt bei ihm am vielen Sport. Dadurch produziert sein Körper einen Haufen männlicher Hormone, die wiederum für den Bartwuchs sorgen. Ist aber gerade auch egal, weil Chris jetzt hektisch die Klinke rauf- und runterdrückt und ruft:

»Scheiße! Was soll das? Mach auf!«

Aber ich reagiere nicht. Genauso, wie Sven in der Schule nicht auf mich reagiert – mit dem Unterschied, dass mich seine Ignoranz nicht so furchtbar wütend macht wie Chris gerade. Ich habe wirklich Sorge, dass er die Tür eintritt und mir vor lauter angestauter Aggression die Zähne einschlägt – solche Männer gibt es. Man soll es nicht glauben. Zum Beispiel unsere Nachbarn, da musste neulich die Polizei kommen, weil der Vater ausgetickt ist. Meine Mutter meint: »Er ist ein klassischer Choleriker.« Aber das ist eine andere Geschichte. Vielleicht erzähle ich sie später, falls ich es nicht wieder vor lauter Anspannung vergessen sollte – außerdem will ich da lieber nicht dran denken, weil ich davon nur noch mehr Schiss bekomme. Unser Nachbar ist ja mit einem Stuhl auf seine Frau losgegangen. Kurz ist es still draußen vor der Badezimmertür. Vielleicht klettert Chris jetzt raus aufs Dach und springt gleich durch das Oberlicht zu mir rein. Ich knipse das Licht über dem Spiegel aus, rutsche vom Badewannenrand, runter in die Badewanne und mach mich ganz flach. Womöglich sieht Chris mich dann nicht und denkt, ich bin bereits aus der Tür raus. Dann wird er wieder vom Dach runtersteigen. Und den Moment könnte ich wiederum nutzen, um zu meiner Schwester runterzurennen, die gerade mit Lorenz in ihrem Zimmer eine ziemlich laute Nummer schiebt. Ich sage es nur ungern: Dies ist ein Albtraum. Der schlimmste, den man erleben kann.

Ich lausche und warte. Nichts rührt sich. Die Badewanne ist kalt, überall auf meinem Körper bildet sich Gänsehaut. Ich wünschte, ich hätte ein Handtuch, das ich mir wie eine Decke umwickeln könnte. Ich strecke den Arm aus und ziehe das große, rote Abtrockentuch

von meiner Mutter von der Stange. Es riecht nach ihrem Duschgel, und seit langem habe ich mir nicht mehr so sehr gewünscht, dass sie hier ist. Sonst nervt sie mich ja manchmal ein bisschen, in letzter Zeit noch öfter, weil sie nie anklopft, wenn sie in mein Zimmer kommt. Ich wünschte echt, sie würde meine Intimsphäre akzeptieren. Das Gleiche wünsche ich mir von Chris. Der scheint sich jetzt runter zum Schlüsselloch gebeugt zu haben und raunt wie so ein Psychopath, der mit Beruhigungsmitteln lahmgestellt wurde:
»Sarah, bitte.«
So, als hätte er sich tatsächlich ein bisschen abgeregt. Das ist gut. Vielleicht schläft er einfach da auf der Türschwelle ein. Ist ja schon nach Mitternacht. Ich versuche, ruhig zu atmen, um quasi meine Ruhe auf ihn durch die Tür zu übertragen. Ich konzentriere mich ganz fest. Vielleicht hilft es was. Chris gehört zu den Schwererziehbaren, hat unsere Gemeinschaftskundelehrerin Frau Voight neulich vor der ganzen Klasse gemeint. Bei solchen Charakteren ist es wichtig, dass man selbst ruhig bleibt. Wichtig ist: souverän rüberzukommen, damit sie Respekt vor einem haben. Bisher hat es super mit mir und Chris funktioniert – nur nicht, seitdem er vorhin im Zelt diese Anwandlung hatte, sich mir zu nähern. Damit hatte ich nicht gerechnet.
Ich lag da in Unterwäsche in meinem Schlafsack rum, meine Schwester in ihrem, zwischen uns Lorenz und

Chris, und plötzlich macht meine Schwester mit Lorenz rum – oder er mit ihr. Ist ja auch egal. Und Chris kommt sich nicht zu blöd vor, an meiner Hand rumzufummeln. So, als hätten wir das abgesprochen. Ohne mich. Ich will definitiv nichts von dem. Der ist einen Kopf kleiner als ich. Wofür er – zugegebenermaßen – nichts kann, aber er ist mir einfach zu unreif. Schon wieder kommt dieses Raunen durchs Schlüsselloch:
»Sarah, bitte.«
Wenigstens weiß ich so, dass er sich noch hinter der Tür befindet. Ich atme weiter tief ein und aus, und ich muss aufpassen, dass ich nicht selbst davon wegpenne. Auf jeden Fall gibt es da noch ein paar Typen in meiner Klasse, die auf mich reagieren, auf die ich aber wiederum nicht reagiere. Ich meine, ich bin nett zu denen und antworte ihnen, wenn sie mich was fragen. Nur nicht Chris:
»Warum machst du denn nicht die Tür auf? Lass mich rein!«
Chris zählt – wie gesagt – eher zu den unberechenbaren Psychopathen in meiner Klasse. Wenn er nicht kriegt, was er will, kann er schon mal richtig durchdrehen. Einmal hat er Bengt von hinten die Haare angezündet. Trotzdem hatte ich bisher nie Angst vor ihm – auch nicht um meine langen Haare. Aber dann hat er – wie bereits erwähnt – vorhin angefangen, sich im Zelt immer dringlicher an mich ranzumachen. Da habe ich Panik bekommen und bin hoch ins Bad. Hier

liege ich jetzt in der Wanne und denke, gleich kommt er doch noch auf den Trichter, aufs Dach zu klettern, um von außen durch das Badezimmerfenster einzusteigen. Vielleicht sollte ich ihm zuvorkommen und aus dem Badezimmerfenster raus aufs Dach klettern und mich auf der anderen Seite vom Baum runterlassen. Das Problem ist nur, dass ich mal so einen Film auf DVD angeguckt habe, in dem sich Jugendliche gegenseitig umbringen. Also vermute ich, Chris bringt mich auch um, sobald ich vom Baum runterspringe. Dann kommt dieser typische Streicher-Sound, der klar macht: Gleich passiert was Schlimmes – und Chris' Gesicht taucht aus dem Dunkel des Gartens auf und er grinst dämonisch:
»Jetzt hab ich dich.«
Am besten, ich denke an unverfängliche Themen.
»Sarah, bitte mach auf. Ich tu dir doch nichts.«
Ich reagiere nicht. Ich atme. Also, der eine aus meiner Klasse, Felix – zum Beispiel –, hat komische Finger. Und Adam hat ein großes Problem mit – na ja – Akne. Kann er ja nichts dafür. Er kann ziemlich gut zeichnen, und er ist extrem witzig. Ich finde es echt bedauerlich, dass er dieses Hautproblem hat. Nebenbei hat er aber auch noch ein Frisurenproblem und ein Outfit-Problem. Man könnte jetzt natürlich vermuten, dass ich oberflächlich veranlagt bin. Bin ich gar nicht, meine Mutter meint sogar, ich denke zu viel nach und sehe die Welt durch ein Vergrößerungsglas. Man könn-

te auch sagen: Ich bin sensibel. Was wiederum nicht heißt, dass ich dauernd rumheule – eher, dass mich alles, was ich so beobachte, extrem beschäftigt und ich ständig versuche, irgendein logisches Muster dahinter zu erkennen. Oder rauszufinden, was das alles mit mir zu tun hat. Unter uns: Ich bin mir ein ziemliches Rätsel.

»Mach auf!«

Chris bollert jetzt wieder richtig gegen die Tür. Die Scharniere knacken. Meine Schwester kriegt nichts mit. Die ist im sexuellen Nirwana unterwegs. Ihr Stöhnen ist inzwischen gut zu hören, wenn Chris nicht gerade gegen die Tür bollert. Dies ist definitiv ein Albtraum. Ich stehe wieder auf, steige aus der Wanne raus und gucke im Schimmer der Nacht in den Spiegel. Das bin ich. Adam, der mit den vielen Haar-, Haut- und Outfit-Problemen, mag gerade das an mir, also, dass ich mich nicht künstlich verstelle. Felix findet das auch gut. Beide, das klingt jetzt etwas angeberisch: sind darum in mich verliebt. Nur ich nicht in sie, weil ich mir natürlich einen Freund wünsche, der keine komischen Finger hat und auch keine Haarprobleme.

»Scheiße! Mach auf! Oder ich breche die Tür auf!«

Sicher, es gibt eine Menge Menschen, die behaupten, es käme nicht aufs Äußere an – aber das ist nun mal das, was man als Erstes sieht. Ich kann mir einfach nicht vorstellen, dass Felix mich mit diesen Fingern – ich sage mal – zärtlich berührt. Klingt eklig, ich weiß.

Aber »Petting« klingt noch ekliger. So ähnlich wie »Pettigrohr«. In der Schule hatten wir da mal eine AG am Laufen. Da mussten wir Hunderte von Strick- und Brotkörben flechten. Und ich kann mir genauso wenig vorstellen, mit einem Jungen zusammen zu sein, der Adams schlimmen Modegeschmack hat – so, als sei er in den Achtzigern hängengeblieben. Aber eben nicht als modisches Statement, sondern einfach weil er ein totaler »Nerd« ist. Was macht man da? Ich wünsche mir natürlich einen Freund, der toll zeichnen kann – so wie mein Vater –, jemanden, der witzig ist – wie meine Mutter –, und jemanden, der einen ausgeklügelten Modegeschmack hat – so wie ich. Kleiner Scherz am Abgrund. Na ja. Also, uninteressant sehe ich wirklich nicht aus, wobei meine Schwester viel besser aussieht. Meine Haare stehen gerade richtig wie getrocknete Zuckerwatte von meinem Kopf ab, weil ich diese krausen Haare habe und die heute Nachmittag mit dem Glätteisen meiner Mutter glatt machen wollte, wobei die irgendwie verkohlt sind. Und jetzt riechen die wie ein alter Aschenbecher. Außerdem habe ich von meiner Schwester so ein Peeling-Produkt ausprobiert, wovon ich im Gesicht ganz schlimmen Ausschlag bekommen habe. Leider.

»Sarah, ich zähle bis drei. Und dann breche ich die Tür auf.«

Trotzdem ist meine Schwester die beste, die man haben kann. In letzter Zeit hat sie ziemliches Mitleid mit mir gehabt, dass ich noch nie mit einem Jungen rumgeknutscht habe. Darum hat sie mich zu der Geburtstagsparty von ihrem momentanen Freund Marius mitgenommen. Das Ganze fand im Haus seiner Eltern statt. Die sind ziemlich reich, sein Vater macht irgendwas mit Computern. Jedenfalls war es da unten im Partykeller beinahe dunkel, und eine Menge Leute standen herum. Ich stand auch herum, und ich weiß gar nicht mehr genau, wie es kam: Plötzlich wurde ich von einem Jungen in ein Gespräch verwickelt – es ging um Realität und Fiktion. Über Wahrheit und Einbildung. Über das, was wir wahrnehmen, und das, was wir nicht wahrnehmen, aber trotzdem da ist. Also, das Ganze war ein ziemlich philosophisches Gespräch, und darum habe ich mich sofort in diesen Jungen, der Marc heißt, verliebt. Ich sage gleich, dass er ebenfalls etwas kleiner ist als ich – aber interessanterweise macht mir das in dem Fall nichts aus, weil ich den Eindruck habe, dass er von einem anderen Stern kommt. Endlich mal einer, der die wirklich wichtigen Fragen an das Leben stellt. Ich fühlte mich nach der Party regelrecht erleuchtet. Und weil Marc auf die Schule meiner Schwester geht, habe ich mich sofort entschlossen, die Schule zu wechseln. Ich denke, wenn ich die Schule wechsle, könnte aus Marc und mir etwas wirklich Großes werden. Natürlich behalte ich diesen Schulwechsel-Grund für mich. Nicht mal meine Mutter weiß davon. Die denkt, ich will die Schule wechseln, weil ich mich auf meiner nicht genügend gefördert fühle. Aber so richtig hat sie gar nicht nachgefragt. Nicht, weil sie desinteressiert ist – im Gegenteil: Mama versucht alles, um meiner Schwester und mir jeden Wunsch zu erfüllen. Das ist schon verrückt, finde ich. Aber in diesem Fall freut es mich besonders. Um den Abschied von meiner Klasse zu feiern, durfte ich also an diesem Wochenende eine Grillparty bei uns zu Hause veranstalten und meine Klasse dazu einladen. Bei der Gelegenheit wollte ich allen eröffnen, dass ich nach den Sommerferien auf eine andere Schule gehen werde. Nicht mal meine beste Freundin Caro wusste davon. Das sollte eine richtige Überraschung werden. Chris zählt, als wäre ich ein ungehorsames Kind:

»Eins …«

Vorhin, am späten Nachmittag kamen dann meine Schulkameraden. Ein paar von ihnen hatten einen Grill dabei. Wir grillten los, und ziemlich bald verbrannte sich Felix ausgerechnet seinen komischen Zeigefinger. Ich holte also Brandsalbe aus der Küchenschublade und wollte ihm die Tube schon rüberreichen, da meinte er: »Kannst du das nicht übernehmen?« Ich schraubte also die Tube auf und, unter unserem alten Klettergerüst stehend, strich ich ihm dieses durchsichtige Gel auf die verbrannten Finger. Ich muss gestehen: Mir war das etwas zu intim. Aber Felix fing automatisch an, selig zu grinsen, und meinte mit so einem Gigolo-Raunen:

»Keine kann das so gut wie du.« Ich hätte fast gekotzt. Ganz klar: Er hatte da gerade was in den falschen Hals bekommen. Wahrscheinlich dachte er, ich will was von ihm. Bloß weil ich ihm den Finger eingerieben habe. Aber weil ich weiß, dass es wichtig ist, immer freundlich zu bleiben, lächelte ich milde und sagte: »Das freut mich aber.« Und – schwups – sauste ich schon wieder quer durch den Garten ins Haus rein, um die Brandsalbe wieder an ihren angestammten Platz in der Küchenschublade zu legen. Wenn meine Eltern nämlich eins nicht leiden können, dann dass meine Schwester und ich für Unordnung sorgen. Kann ich ja verstehen. Aufgeräumt sieht es bei uns auch viel ordentlicher aus. Nach ein paar Minuten in der Abstellkammer – die brauchte ich, um mich zu sammeln – kam ich zurück in den Garten. Alle waren gut am Grillen und Würstchenessen, und ich lehnte mich möglichst entspannt gegen unser altes Klettergerüst und rief: »Leute, ich habe etwas zu verkünden.« Alle hielten ihre Pappteller in Händen und drehten sich zu mir um. Felix kam gleich ein Stück näher heran, so, als sei er bereits mein fester Freund. Fehlte nur noch, dass er seinen Arm um mich legt. Er lächelte mich erwartungsvoll an, seine Haare standen in alle Himmelsrichtungen – das ist sein Style –, und fast sah er so aus, als würde er denken, dass ich jetzt unsere baldige Hochzeit ankündige. Also erklärte ich ohne Umschweife und mit fester Stimme: »Tja, Leute! Ich werde die Schule wechseln.«

Das zündete. Meine Klassenkameraden brauchten erst mal ein paar Sekunden, um zu begreifen. Dann, als sie sich so weit wieder eingekriegt hatten, stammelten sie rum und meinten: »Hä? Wieso das denn?« Oder: »Das finden wir aber blöd.« Nur meine beste Freundin Caro stampfte an mir vorbei ins Haus und meinte: »Schön, dass ich das auch schon erfahre.« Und Felix taumelte rückwärts in Richtung aufgehängter Schaukel, ließ sich auf dem vermoderten Sitzbrett nieder und machte einen auf Melancholiker. Meine Schwester hüpfte unterdessen quietschvergnügt in Hotpants über den Rasen und rief: »Will noch jemand Bowle?« Und Chris ruft von der anderen Seite der Badezimmertür mit richtig bedrohlicher Stimme:

»ZWEI ...«

Irgendwie kam im Garten keine richtige Stimmung mehr auf. Ein paar von meinen Klassenkameradinnen trösteten drinnen im Wohnzimmer meine beste Freundin Caro, die leider gerade ziemlich am Rumheulen war. Sie holten ihr aus dem Garten Papierservietten, damit sie sich damit die Nase putzen und die Tränen wegwischen konnte. Dann hockten sie sich auf die Sofalehnen und Polster um sie herum und taten so, als hätte Caro gerade von der Entführung ihrer fünf Kinder erfahren. Das Schauspiel konnte ich wunderbar durch die große Wohnzimmerscheibe beobachten. Um ehrlich zu sein, und das mag jetzt gefühlskalt klingen – ist es aber nicht –, ich schätze keine Mädchen, die wegen jedem bisschen anfangen zu heulen. Natürlich könnte man vermuten, Caro heulte, weil sie echt traurig war, dass ich – ihre beste Freundin – die Schule wechsle. Aber unter uns, Leute: Sie heulte, weil sie sich selbst leid tat. Sie tat sich leid, weil ich ihr nicht schon vor den anderen gesagt hatte, was Phase ist – darum fühlte sie sich gedemütigt. Das bestätigte mir übrigens auch Susanne, als sie total geschäftig aus dem Wohnzimmer über die Schwelle in den Garten kam, um noch mehr Papierservietten vom Büfett zu holen. Sie rauschte an mir vorbei und meinte nur kühl: »Caro fühlt sich von dir total gedemütigt.« Ich finde, es ist ihr Problem, wenn sie sich so schnell gedemütigt fühlt – aber jetzt hatte sie ja bekommen, was sie wollte: jede Menge Aufmerksamkeit von total entsetzten Mädchen, die alle nicht fassen konnten, dass ich Caro nicht schon vorher in mein »Vorhaben eingeweiht« hatte. Ich stand so ein bisschen dusselig rum, Felix hockte noch immer schräg hinter mir auf der Schaukel und glotzte traurig in die Erdnarbe zu seinen Füßen. Da wächst schon lange kein Gras mehr – seitdem meine Schwester und ich als Kleinkinder unsere Füße beim Schaukeln haben schleifen lassen. Er drehte sich so ein bisschen mit der Schaukel ein – das habe ich aus dem Augenwinkel beobachtet – und ließ sich dann wieder in die entgegengesetzte Richtung zurückschleudern. Und dabei schniefte er melancholisch rum, und mir war klar, dass er so lange so traurig gucken würde, bis ich zu ihm rüberkäme und mich seiner annähme. Aber da ich ihm nichts sagen konnte, was ihn aufheitern würde von wegen: »Ich bin total in dich verliebt«, blieb ich neben dem Grill stehen und guckte zu meiner Schwester rüber, die sich mit ein paar Jungs aus meiner Klasse bestens unter dem Fliederbaum unterhielt. Die konnten gar nicht ihre Augen von ihrem Blusenausschnitt lösen. Meine Schwester hat aber auch wirklich was zu bieten. Ich habe noch genau vor mir, wie sich Lorenz angespannt eine Zigarette anzündete und kurze, sportliche Züge nahm. Trotzdem kommt es mir jetzt so vor, als sei all das schon hundert Jahre her. Auf der anderen Seite der Tür höre ich Chris' Psychopathen-Stimme:

»Zweieinhalb ...«

Ich werde ihm nicht die Tür aufmachen. Es wird schon nichts passieren. Ich tue einfach so, als sei ich gar nicht da, atme weiter ruhig ein und aus. Adam stand weiter hinten im Sandkasten und machte wie immer schräge Witze mit seinem besten Freund Henry. Dabei guckte er immer wieder verstohlen zu mir rüber – und ich habe gemerkt: Jeder hat seine Art, mit schlechten Nachrichten umzugehen. Da war mir Adams Art am liebsten. Der tat so, als ob nichts wäre. Der hat eben Stil. Der akzeptiert, wenn was nicht so läuft, wie er sich das vorstellt. Der dreht nicht gleich durch – so wie Chris. Der brüllt:

»ZWEIDREIVIERTEL ...«

Ich nehme mir die Nagelfeile von der Ablage unterm Spiegel. Sicher ist sicher. Wenn alle Stricke reißen, steche ich damit zu. Direkt ins Herz. Ins Herz. Nicht vergessen: ins Herz ... Als es draußen dunkel wurde, brachen die meisten mit ihren Rädern nach Hause auf. Mir war das mehr als recht. Ich brauchte nach so einem Menschenauflauf mit Geheule und melancholischen Klassenkameraden dringend Ruhe. Chris und Lorenz blieben allerdings – weil das im Vorfeld so abgemacht war – und bauten mit meiner Schwester im Garten dieses Igluzelt auf, in das eigentlich nur drei Personen passen. Nachdem wir alles aufgeräumt hatten, legten wir uns rein. Leider hatten wir nur eine Luftmatratze, die ziemlich nach Gummi müffelte. Aber meine Schwester und Lorenz lagen sowieso schon übereinander und stöhnten rum, als hätten sie schwere Stichverletzungen erlitten. Mir war das total unangenehm. Erstens wollte ich meiner Schwester nicht beim Rummachen zuhören müssen, und zweitens werde ich Lorenz am Montag wieder in der Schule begegnen, und drittens ist er eigentlich mit Chandra zusammen, die heute nicht kommen konnte, weil ihr Bruder geheiratet hat. Aber Lorenz schien das egal zu sein – meiner Schwester sowieso. Die ist nicht für lange Bindungen gemacht. Und dann, als die Äste der Magnolie dunkel über uns wogten, ich kein Auge zukriegte, merkte ich, wie Chris' Finger nach meinen tasteten und so dran herumstreichelten.

»DREI …«
Ich mag Chris wirklich gern, besonders weil er vollkommen unzurechnungsfähig ist und in den großen Pausen Klebstoff schnüffelt und alle vor ihm Angst haben, weil er öfter mal richtig austickt, aber ich habe normalerweise keine Angst vor ihm. Ich denke, er hat Probleme. Und darum bin ich immer nett zu ihm. Und er ist normalerweise nett zu mir. Die Türscharniere krachen. Chris schmeißt sich mit voller Wucht von außen gegen die Tür. Meine Eltern sind nicht da. Ich bin ganz allein, hier oben im Badezimmer. Jeden Morgen dusche ich hier, putze mir die Zähne und gehe aufs Klo. Nie habe ich gedacht, dass ich vor dem Spiegel stehen werde und Angst habe. Die Scharniere knacken. Das Schloss knackt. Chris schreit:
»AUFMACHEN!«
Inzwischen waren meine Schwester und Lorenz aus dem Zelt gekrabbelt, um in das Zimmer meiner Schwester abzuwandern – das heißt: Chris und ich hatten auf der Luftmatratze freie Bahn. Und genau das passte mir gar nicht. Ich flüsterte: »Ich komme gleich wieder.« Und schon war ich aus dem Schlafsack und aus dem Zelt geschlüpft, rannte durch den dunklen Garten, gegen einen Grill, der kippte um, und ich wünschte mir wirklich, meine Eltern wären zu Hause. Ich drückte die Terrassentür auf, und das ganze Haus war erfüllt von dem Gestöhne meiner Schwester plus dem von Lorenz. Es klang so, als würden sie sich ge-

genseitig die Haut abziehen. Ich dachte: Hoffentlich dreht Chris nicht durch, wenn er merkt, dass ich nicht wiederkomme. Am besten, ich schließe mich oben im Badezimmer ein. Plötzlich geht das Licht im Badezimmer an. Ganz hell ist es um mich herum. Ich zittere, ständere von einem Bein aufs andere. Die Tür bebt. Chris schreit:

»AUFMACHEN!«

Ich flüstere, ich bibbere: »Mama, Mama, Papa.« Ich weine. Höre auf damit. Ich strecke mich. Es ist nicht lange her, eine halbe Stunde vielleicht, da sprintete ich die Treppe rauf, rein ins Bad, und schloss die Tür ab. Das Blöde ist nur, dass das Bad ein Fenster hat, und da musste ich die ganze Zeit hinglotzen, weil ich damit rechnete, dass Chris gleich von außen durchglotzt. Ich habe echt richtig Angst. Ich steige auf den zugeklappten Klodeckel. Meine Finger sind eiskalt. Ich öffne das Fenster:

»AUFMACHEN!«

Ich ziehe mich nach oben auf das schmale Fensterbrett, die Shampooflaschen kippen um und poltern auf die Fliesen. Das habe ich vor ein paar Wochen schon mal gemacht, als ich sauer auf meine Mutter war, weil sie mir kein Geld für eine neue Sporthose geben wollte und außerdem meinte, ich solle mich in Mathe mehr anstrengen. Da habe ich mich hochgezogen, bin aus dem Fenster rausgeklettert und habe mich an der Magnolie runtergelassen. Ich habe gerufen:

»Na gut! Das hast du jetzt davon. Dann haue ich eben ab!«
Meine Mutter war starr vor Schreck. Sie dachte, ich stürze von da oben ab. Manchmal muten meine Schwester und ich ihr ganz schön viel zu. Dabei ist sie immer für uns da. Nur heute nicht. Weil wir gesagt haben, sie soll mit Papa lieber mal übers Wochenende verreisen. Damit wir machen können, was wir wollen. Genau das mache ich jetzt. Ich weiß nur nicht, wohin ich laufen werde. Quer über den mondbeschienenen Rasen, aus der Gartentür raus, ums Haus herum. Ich werde an die Fensterscheibe von meiner Schwester klopfen und schreien:
»Kommt raus!«

Michail Alexander O. Ebeling

Das erste Mal

Vielleicht wissen die wenigsten, wann ihre Kindheit endet und wann für sie die Zeit beginnt, in der sie noch nicht erwachsen sind, aber auch kein Kind mehr. Ich weiß es ziemlich genau.

In drei Wochen werden die Ferien beginnen, die großen Ferien. Das Schuljahr wird vorüber sein. Man wird mich versetzen. Wider Erwarten werde ich nach dem Sommer, noch gut ein Zeitalter entfernt, gemeinsam mit meinen Freunden die neunte Klasse besuchen. Ich werde mich am Unterricht beteiligen, werde vor jeder Arbeit nicht lange, dafür konzentriert und systematisch lernen. »Systematik«, sagt mein Vater, »ist das A und O, versteh das.« Dabei räuspert er sich leicht, wie er sich immer räuspert, wenn er einen Satz sagt, dessen Gewicht ihm plötzlich zu gewaltig erscheint.
Jetzt liege ich auf meinem Bett, überlege, ob ich von Petra (klein, schmächtig, dunkle Haare) oder Christiane (blond und Beine bis zum Mond) träumen soll, als meine Mutter mein Zimmer betritt, ohne an die Tür zu klopfen. Im selben Atemzug sagt sie, sie habe mich gestern in einem Ferienlager angemeldet, einem

Zeltlager der Sportjugend an der Ostsee, ich sei doch sportlich, oder?
Sie hat einen Freund, ich weiß es. Sie will mit ihm verreisen. Sie will mich nicht mitnehmen, sie will ausprobieren, ob es »zwischen ihnen klappt«. Sie will nicht darüber reden, noch nicht, sie will, dass ich ahne, was ich ahne, sie will warten, will mir alles später sagen, nicht schon jetzt und damit viel zu früh »die Pferde scheu machen«. Sie will, dass ich, obwohl sie nicht darüber spricht, auf ihre »Bedürfnisse und Gefühle« Rücksicht nehme und nicht mit meinem Vater, der sowieso arbeiten muss, schon gar nicht mit meinem Großvater, verreise, der viel zu alt ist und außerdem aus dem Mund riecht. Ich soll allein ins Zeltlager fahren, weil ich ein großer Junge bin, weil mir der Umgang mit Jungen meines Alters, vielleicht sogar mit Mädchen, sicherlich guttun wird.
Also murmele ich undeutlich: »Das klingt ganz schön großartig«, ehe ich mich wieder unter meine Kopfhörer verkrieche, *Green Eyes – Coldplay*, und denke daran, dass meine Freunde nach Mallorca fliegen werden oder nach Italien, nach Spanien, auf die Malediven oder noch viel weiter, bis ans Ende der Welt.

Der Bus hat keine Schlafsessel, sondern verfügt über Sitze, deren Rückenlehnen sich nicht mehr verstellen lassen. Es gibt auch keine Aircondition, stattdessen

zwei aufklappbare Fenster im hinteren und im vorderen Teil des Daches.
Wir reisen nachts. Der Fahrer raucht. Mir ist übel. Die meisten Jugendlichen sind älter als ich. Viele scheinen einander zu kennen. Ich kenne niemanden.
Weil ich niemanden kenne, kann ich mit niemandem reden. Eigentlich will ich mit niemandem reden, denn eigentlich will ich nicht in dem Bus ohne Aircondition sitzen, sondern bei meiner Mutter sein, um sie davon abzuhalten, einen Freund zu haben.
Weil ich weiß, wie unmöglich meine Wünsche sind, und weil ich weiß, wie wenig Rücksicht ich mit meinen Wünschen auf meine Mutter und ihre »Bedürfnisse und Gefühle« nehme, beschließe ich zu schlafen.
Schlafen ist eine meiner Stärken. Ich bin zwar, obwohl meine Mutter das Gegenteil annimmt, nicht besonders sportlich – schlafen kann ich dafür aber immer: in der Schule, auf dem Klo, nachts manchmal weniger gut, aber hier im Bus sofort und ohne Mühe. Immer, wenn es Probleme gibt, schlafe ich am besten und am schnellsten ein.

Nach zwei Tagen habe ich begriffen, wie das Ferienlager funktioniert. Zwei Tage, das klingt lange, aber nur, wenn man voraussetzt, dass den Teilnehmern eines Ferienlagers zu Beginn erklärt wird, wie das Lagerleben sich gestaltet. Uns wird nur erklärt, wo unser Zelt ist. Alles andere müssen wir selber rausbekommen.

Nach drei Tagen kenne ich die Gründe. Wir sind nicht, wie es in dem Prospekt angegeben ist, den meine Mutter mir gezeigt hat, hundertfünfzig Jugendliche, sondern weit über zweihundert. Wir sind nicht zwischen dreizehn und siebzehn Jahre alt, sondern zwischen vierzehn (zusammen mit mir: drei Jungen und ein Mädchen) und neunzehn Jahre. Es kennen sich nicht nur viele, es kennen sich die meisten und jedenfalls alle, die älter sind als sechzehn oder siebzehn.

Am Anfang gebe ich mir Mühe.

Dabei denke ich oft an meine Mutter, an ihre »Gefühle und Bedürfnisse«, ebenso oft denke ich an meinen Vater, an seine Erwartungen, die ich kenne, obwohl er sie nie ausgesprochen hat: Sei stark, sei zäh, sei unbeugsam, lass dich nicht unterkriegen.

Er hat sich unterkriegen lassen: Zuerst von seinem Vater, meinem Großvater, danach von meiner Mutter, seiner früheren Frau.

Alles Schnee von gestern. Jetzt bin ich an der Ostsee, und das ist grauenhaft.

Dennoch: Ich stehe auf, wenn alle aufstehen. Ich gehe pünktlich zu den Mahlzeiten. Ich beteilige mich an den Aktivitäten, die angeboten werden. Ich gebe mir also Mühe. Ich bin halbwegs stark und beinahe unbeugsam.

Ich spiele mit den anderen auf einer Wiese Fußball, die kaum größer ist als drei unserer Zelte. Ich stürze mich ins Gewühl, obwohl ich als einer der Kleinsten in der Menge untergehe, nur zweimal den Ball berühre, ihn im Gerenne und Geschiebe und Gedränge und Gedrücke meist nicht einmal sehe, und als ich ihn ein drittes Mal erobere, prompt einen Fehler mache, der zu einem Gegentor führt und zu meiner Herausstellung durch die eigene Mannschaft.

Ich gehe zu meinem Zelt, schlafe eine halbe Stunde und beteilige mich danach am Floßbau. Weil ich der Jüngste meiner Mannschaft bin, darf ich weder die großen Gummischläuche der riesigen Reifen justieren noch die Knoten der Haltetaue und -schnüre knüpfen.

Weil ich unerfahren bin, darf ich nicht paddeln. Weil ich nicht so kräftig wie die Sechzehn-, Siebzehn- und Achtzehnjährigen bin, darf ich das Floß nicht anschieben. Weil ich leichter als die anderen bin, darf ich der Steuermann sein.

Weil es am Steuer kein Gedränge wie auf der Fußballwiese gibt, werde ich nicht nervös und mache keinen Fehler. Wir gewinnen die Wettfahrt. Wie üblich wird der Steuermann in die Ostsee geworfen. Ich falle auf eine Qualle, schlucke Wasser, kämpfe mich an die Oberfläche, werde von einer Rettungsschwimmerin aus dem Wasser gezogen, höre, wie die Umstehenden »Mund-zu-Mund-Beatmung« rufen, schlage die Augen auf und erkenne, dass meine Retterin blond ist und mindestens achtzehn Jahre alt und dass sie graue

Augen und eine Figur hat, die die Jungen in meiner Klasse vor Ehrfurcht schweigen lassen würde. Weder würde jemand zischen noch johlen oder pfeifen. Der Mund bliebe ihnen beim Anblick meiner blonden Retterin offen stehen.
Marita heißt die Rettungsschwimmerin. Leider lässt sie von mir ab, als sie sieht, dass ich noch lebe.
Am nächsten und auch am übernächsten Morgen frage ich nach dem Frühstück bei der Lagerleitung, ob es noch einmal einen Wettkampf im Floßfahren geben wird. Jedes Mal ist die Antwort »Nein«. Nachdem ich das dritte Mal gefragt habe, erfahre ich, dass zu viele Gummischläuche unserer Gegner bei der ersten Wettfahrt an einen Felsen geraten und zerschnitten worden sind.
Trotzdem wünsche ich mir, noch einmal von Marita gerettet zu werden. Ich wünsche mich nach Hause zu meiner Mutter oder wenigstens zu meinem Vater. Ich gehe in mein Zelt und verschlafe zum ersten Mal das Mittagessen und wache erst am Abend auf.

Die Abende sind eigentümlich.
Es ist, als würde das Ferienlager mit Einsetzen der Dämmerung ein anderes werden als am Tag.
Das Abendessen findet früh, schon um achtzehn Uhr statt. Wer nicht vor der Nachtruhe noch einen unstillbaren Hunger bekommen möchte, verpflegt sich vorsichtshalber mit Broten.

Nach dem Abendessen dürfen die Jüngeren noch Tischtennis oder Boccia am Strand spielen oder, wenn der Wind es erlaubt, Badminton, na ja.
Aber nur bis neunzehn Uhr. Dann müssen alle, die noch nicht siebzehn sind, duschen und ihre Zähne putzen, und um acht müssen sie in ihren Zelten sein. Bis neun Uhr dürfen sie lesen, so lange, bis es sowieso zu dunkel dafür geworden ist. Danach setzt sich ein Betreuer zwischen die vier Zelte, die ein Karree bilden, und achtet darauf, dass niemand mehr das Zelt verlässt. Es sei denn, man muss auf die Toilette. Dann wird ein weiterer Betreuer oder eine Betreuerin gerufen, die einen zu den Klohäuschen begleitet.
Ich habe mir einen Platz an der Rückwand des Zeltes gesichert, in dem außer mir dreizehn andere Jungen schlafen, alle höchstens sechzehn Jahre alt.
Wir schlafen auf Gummimatratzen. Schon in der ersten Nacht habe ich bemerkt, dass sich die Zeltplane neben meiner Matratze mühelos anheben lässt. Vielleicht ein Fehler beim Aufbau, vielleicht verhält es sich in allen Zelten ähnlich, jedenfalls schlüpfe ich am dritten Abend gegen Mitternacht aus dem Zelt. Ich besitze eine Uhr, eine wasserdichte Uhr, ein Geschenk meines Vaters, die ich nie ablege.
Es kostet mich keine Anstrengung, bis kurz vor Mitternacht wach zu bleiben, ich habe wie üblich tagsüber geschlafen. Die, die das Zelt mit mir teilen, schlafen tagsüber nie.

In der ersten Nacht bleibe ich nicht lange draußen. Aber lange genug, um dreierlei festzustellen.
Erstens: Der Betreuer, der unser Karree bewacht, ist um Mitternacht nicht mehr da. Nur ein Betreuer und eine Betreuerin patrouillieren zwischen den diversen Karrees des Sommerlagers. Meist aber sitzen auch sie etwas abseits im Sand.
Zweitens: Die Teilnehmer, die siebzehn Jahre und älter sind – ungefähr vierzig, zusammen mit den Betreuern und den Rettungsschwimmern mehr als fünfzig –, teilen sich in zwei Gruppen. Die größere Gruppe feiert ein Stück entfernt am Strand in einem kleinen Schuppen offenbar jeden Abend eine Party, bei der eine Menge Bier getrunken, ultraharte Rockmusik gehört und auf eine Art getanzt wird, die Headbanging heißt.
Drittens: Die kleinere Gruppe der Älteren finde ich bei meinem ersten mitternächtlichen Ausflug trotz aller Suche nicht.
Aber ich weiß, dass es sie geben muss. Nicht, weil ich jeden Einzelnen der Älteren kenne, sondern weil ich Marita bei der Gruppe in dem Schuppen vermisse, in dem getanzt wird. Ich beobachte die Tanzenden durch einen Spalt in der Holzwand. Obwohl ich mich auch in den folgenden Nächten nachts aus meinem Zelt schleiche, entdecke ich Marita und die kleinere Gruppe nie.

Nachdem ich am vierten Tag das Mittagessen verschlafen habe und es niemandem aufgefallen ist, halte

ich mich auch an den folgenden Tagen abseits von den anderen.
Ich habe in der Nähe des Zeltlagers eine Scheune entdeckt, die anscheinend von niemandem mehr benutzt wird. Sie steht am Rand eines großen, teils verfallenen Gehöfts, auf dem sich weder Menschen noch Tiere befinden. Eine Ansammlung mächtiger Bäume, Eichen, Buchen, spendet der alten Scheune Schatten, auf deren Heuboden ich die Tage verträume, ohne dass es jemandem auffällt.
Einmal am Tag mache ich mein Häkchen hinter meinem Namen in der Essensliste. Manchmal trage ich mich für einen Ausflug ein, ohne daran teilzunehmen. Gelegentlich rede ich mit den Betreuern, stelle ein paar Fragen zum Wetter, zu den Mahlzeiten. Hin und wieder schreibe ich eine Postkarte, so dass ich einige Tage später tatsächlich Post bekomme. Briefe von meinem Vater und meinem Großvater, eine Karte von meiner Mutter. Post, die durch Ausrufen der Namen beim Frühstück verteilt wird.
Das Gelände des aufgegebenen Bauernhofs liegt ungefähr einen Kilometer vom Zeltlager entfernt. Es führt kein Weg dorthin, nur ein von Brombeeren überwachsener Pfad, den ich meide. Meist folge ich einem ausgetrockneten Graben, der wie ein Hohlweg wirkt und mich vor den Blicken der anderen im Ferienlager verbirgt. Wenn ich auf dem Heuboden liege, umgeben vom Geruch der Gräser, des alten Holzes

und des verbliebenen Heus, und den Tag in der Hitze verdöse, ist es, als würde ich schweben. Vor mir sehe ich Bilder, die entstehen, ohne dass ich dafür etwas tue.
Nach ungefähr einer Woche sehe ich nur noch ein Bild vor mir. Ich sehe das Bild gern vor mir, obwohl es mich bedrängt, obwohl es mich verfolgt, egal, wo ich stehe und gehe. Ich kenne den Grund, weil ich versehentlich etwas beobachtet habe, das ich vielleicht nicht hätte beobachten dürfen, doch das gesehen zu haben ich nicht mehr missen möchte.

Nach ungefähr einer Woche – wieder habe ich das Mittagessen ausfallen lassen – komme ich am späten Nachmittag vom Gehöft zum Zeltlager zurück. Ich schlage einen Bogen, weil es noch zu früh für das Abendessen ist und weil ich mir den Schuppen, in dem abends die Partys der Älteren gefeiert werden, ungestört anschauen möchte.
Ich weiß, dass die Rettungsschwimmer in dem Schuppen ihr Gerät haben, sogar der Anhänger für ihr kleines Motorboot wird darin aufbewahrt. Ich weiß nicht, dass es in dem Schuppen nicht nur Toiletten, sondern auch eine Dusche gibt, weil niemand während der Partys duscht, weil auch niemand duscht, wenn wir den Rettungsschwimmern helfen müssen, Absperrleinen, Schwimmbretter oder andere Dinge aus dem Verschlag zu holen.

Als ich mich dem Schuppen nähere, höre ich das Plätschern des Duschstrahls, der hier ähnlich schwach wie im Zeltlager ist. Weil ich das Geräusch zuerst nicht einordnen kann, schleiche ich mich neugierig näher, umrunde das Gebäude, das am Tag größer wirkt als in der Nacht, betrete vorsichtig den rückwärtigen Teil, der gemauert ist. Statt Dachpappe glänzt Wellblech in der späten Sonne. Unschlüssig betrete ich einen Umkleideraum mit verschiedenen Spinden.

Von dort führt ein Gang zu einer einzelnen Toilettenkabine, an die die einzige Dusche grenzt. Das Geräusch wird deutlicher. Plätscherndes Wasser, denke ich. In der Kabinenwand befindet sich ein Riss zwischen zwei Planken, ein schmaler Riss, der es mir dennoch erlaubt, Marita beim Duschen zuzusehen. Sie seift sich ein.

Sie seift sich ausgiebig und lange ein. Zwischendurch befeuchtet sie die Seife. Während sie ihren Körper mit Schaum bedeckt, den Seifenschaum verteilt, hält sie die Augen geschlossen.

Wenn ich sie, später auf dem Heuboden, in der Hitze vor mir sehe, bewegen sich nur ihre Hände durch den Schaum, den ihre Finger behutsam auf der Haut verreiben, sie bewegen sich ohne Unterbrechung, während das warme Wasser aus dem Duschkopf rieselt, auf den Boden pladdert, an den gelben Kacheln langsam herunterläuft.

Als ich mich in der darauffolgenden Nacht aus meinem Zelt schleiche, bin ich wie benommen. Ich habe keine Lust, durch das Zeltlager zu streifen und die Älteren bei ihrer Party zu beobachten. Ich habe keine Lust zu schlafen, ich weiß nicht, wozu ich Lust habe, ich weiß gar nichts mehr. Wie gelenkt durch eine unsichtbare Kraft, tragen mich meine Beine durch den Graben zum Gehöft, wie gezogen an einem Faden steige ich auf den Heuboden, ohne auf meine Umgebung zu achten.

Ich höre die Stimmen erst, als ich mich auf das Holz lege. Ich kann die Gestalten unter mir beobachten, weil ich einen Spalt zwischen den alten Bohlen entdecke und weil in der Nähe der Wolldecke, auf der beide liegen, ein Windlicht brennt.

Sie sind nackt. Sie berühren sich, sie küssen einander. Berühren sich wieder, ich höre den lauter werdenden Atem. Sie schlafen miteinander, und der Junge geht.

Marita bleibt noch eine Weile liegen. Ihre Augen sind offen. Kurz meine ich, sie habe mich entdeckt. Aber das ist ein Irrtum.

Nach und nach entdecke ich, wie ihre Tage verlaufen. Sie achtet auf die Teilnehmer des Zeltlagers während der Badenachmittage, sie duscht am frühen Abend, sie seift sich lange ein. Sie isst. Sie geht, sobald die Nachtruhe beginnt, hinüber zum Gehöft und wartet.

Nie habe ich herausgefunden, wann sie sich verabredet. Sie wartet in der Scheune auf einen Jungen, nie

auf denselben. Auf einen der Betreuer. Auf einen Rettungsschwimmer. Auf einen der Teilnehmer aus der Gruppe der Älteren.
Sie schläft mit ihm. Der Junge geht. Sie liegt noch eine Weile da und schaut hoch zu mir, ohne mich zu sehen. Schließlich löscht sie das Windlicht und verschwindet leise.
Ich lasse ihr einen Vorsprung, bleibe etwas länger, gehe dann auch.

Drei Wochen soll ich im Sommerlager bleiben. Beinahe zwei Wochen lang beobachte ich Marita. Die letzten beiden Tage brechen an.
Am letzten Tag wird sie packen und mithelfen müssen beim Aufbruch, beim Abbau der Zelte, beim Einräumen eines Anhängers für unseren Reisebus.
Am vorletzten Tag warte ich wie gewohnt in der Klokabine neben der Dusche im Schuppen. Marita kommt nicht.
Auch beim Abendessen fehlt sie. Hastig schlinge ich die Frikadellen mit Makkaroni in mich hinein. Ohne den Nachtisch abzuwarten, beeile ich mich, zurück zu dem Gebäude zu kommen, in dem heute Nacht keine Party gefeiert werden wird, weil es ein Abschlussfest im Haupthaus geben soll, in dem wir essen.
Niemand befindet sich bei dem Schuppen der Rettungsschwimmer. Schon am Nachmittag ist das kleine Motorboot auf dem Bootsanhänger vertäut worden.

Aber als ich um das Gebäude biege, höre ich die Dusche.
Diesmal schleiche ich mich nicht in die benachbarte Kabine, sondern warte, bis Marita sich eingeseift und abgewaschen und abgetrocknet hat und aus der Tür auf das schmale Areal aus rissigem Beton tritt, während sich die Strahlen der sinkenden Sonne am Dach aus Wellblech brechen.
Sie schaut mich an. Für den Bruchteil einer Sekunde denke ich an meine Mutter.
Marita schaut mich lange an. Kurz kommt es mir vor, als ob sie darauf warten würde, dass ich ihr den Weg freigebe. Doch ich bleibe stehen.
»Du bist der Junge, der beim Floßbau Wasser geschluckt hat«, sagt sie nach einer Weile.
Ich senke den Blick und nicke.
»Komm mit mir mit«, sagt sie dann.

Moritz Eidechser

Brückenengel

Er saß am Kopf der Brücke, den Rücken senkrecht gegen die Engelsstatue gelehnt, die Beine im rechten Winkel auf der Steinmauer nach vorn gestreckt. Seit Tagen kehrte er immer wieder dorthin zurück. Er kam am Vormittag, mal früher, mal später, aber stets ehe die Glocken der Stadtkirche elfmal schlugen. Und er verließ seinen Platz erst bei einbrechender Dunkelheit, was im Juli bedeutete, dass er sich etwa zehn bis elf Stunden nicht von dem Engel entfernte.

Anfangs hatten die Leute, die an dem Platz vor der Brücke ihre Läden betrieben, das beruhigende Gefühl, er sei eine Art seliger Müßiggänger, ein verträumter Taugenichts, der zufrieden die Wärme genoss. Mochte auch sein, dass er noch zur Schule ging, von seinem Alter her war das sogar wahrscheinlich. Doch selbst dagegen war nichts einzuwenden, denn es war Ferienzeit und wer wollte, durfte getrost den Sommer vertrödeln. Man machte sich keine weiteren Gedanken um ihn, fragte auch nicht, woher er komme. Es gab viele Touristen in der Stadt, wenn auch selten junge, die allein unterwegs waren wie er.

Mit der Zeit jedoch wunderte man sich, dass er den ganzen Tag weder zu essen noch zu trinken schien, nie etwas bei sich hatte, keine Tüte vom Bäcker oder Metzger mit belegten Semmeln, keine Dose Cola oder Bier wie die anderen Unbekannten, die an der Brücke Halt machten und die Wärme des Platzes genossen, während sie auf die sommerlich leuchtende Altstadt blickten.

Irritiert sahen die Leute durch die Glastüren ihrer Geschäfte, als der junge Mann auch an einem verregneten kühlen Tag auf der Brücke erschien. Nach einer Stunde war er nass bis auf die Knochen. Doch er blieb stoisch gegen den steinernen Engel gelehnt sitzen. Die ihn beobachteten, fragten sich, ob er am nächsten Tag wiederkommen würde oder, restlos durchgefroren, mit Fieber im Bett läge, aber um elf Uhr war er von neuem auf der Brückenmauer bei dem Engel wie alle Tage zuvor. Doch diesmal schien es den Leuten, als wäre der Junge seit dem Regen schmächtiger geworden, das Gesicht herber, mit vorstehenden Wangenknochen. Ein wenig fadenscheinig schien ihnen seine Gestalt, wenn sie zusammenstanden und von der anderen Seite des Brückenvorplatzes aus über ihn sprachen. Auch seine Kleidung schien ihnen dunkler zu sein, abgerissener, heruntergekommen. Er wirkte jetzt plötzlich auf sie wie ein Landstreicher, eine verlorene Existenz. Sie machten sich Sorgen.

Man fragte sich, was es mit dem Jungen auf sich habe, ob er normal sei – »bei Trost«, sagte einer –, da er auf nichts reagierte, nicht mal auf Regen und Kühle, und auch sonst der Stadt keine Aufmerksamkeit schenkte, weder dem Brückenvorplatz noch der dahinterliegenden Barockkirche, weder der Engelsbrücke als Ganzem noch dem Brückenkopfengel, dem ersten in einer Reihe von vier, die einen über den Fluss geleiteten. Man hatte den Jungen nie anders gesehen als von der Steinfigur abgewandt. Stets hielt er den Kopf leicht nach vorn gebeugt, so dass er überhaupt nur die nächste Nähe wahrnehmen konnte. Man wusste nicht, ob er auf seine Beine, die Knie oder vielleicht auf das Kopfsteinpflaster der Brücke starrte. Es schien, als lausche er einer Musik. Ob er sie in Gedanken erinnerte oder aus einem MP3-Player in seiner Jacke hörte, war nicht zu erkennen. Die Leute wussten nur, dass Jugendliche oft derart in sich gekehrt dasaßen, wenn sie ihre Musik anstellten. Er aber rührte sich nie.

An den heißen Tagen glühte die Stadt. Er saß in der prallen Mittagssonne am Engel und suchte nach keinem schattigeren Platz. Der Steinengel war zu klein, um das Licht abzuhalten, wenn die Sonne hoch über dem Fluss stand. Es schien, als dämmere der fremde Junge vor sich hin, die Augen geschlossen.

Einmal ging jemand zu ihm hinüber und fragte aus Scherz, ob er versteinern wolle so wie der Engel in seinem Rücken, erhielt aber keine Antwort und ließ ihn sitzen. Der Engel wirkte fester, körperlicher als der Junge. Auch gab ihm das Licht einen leichten Glanz, der ihn beseelte, als würde er irgendwann ganz natürlich von der Mauer steigen und fortgehen. Das war schon vielen Passanten aufgefallen, während der, der sich seit einer Weile an ihn lehnte, inzwischen so sehr zum steinernen Bild der Leute am Brückenvorplatz gehörte, dass sein Verschwinden und Nicht-mehr-Erscheinen sie fast noch mehr aus der Ruhe gebracht hätte als der Engel.

Dinge ereigneten sich in der Nähe der Brücke, die der Fremde mitbekommen musste. Ein Unfall am Brückenkopf, zwei Autos stießen zusammen. Die Fahrer gerieten aneinander. Von den Geschäften auf der anderen Seite des Brückenvorplatzes aus hatte niemand den Ablauf sehen können, weil ein Reisebus direkt vor den Geschäften hielt und die Sicht versperrte. Also trat ein Polizist auf den Jungen zu, der den Hergang direkt im Blick gehabt haben musste, und befragte ihn als Zeugen. Aber er hatte nichts zu sagen. Er wusste von nichts oder wollte sich in den Streit der Fahrer nicht einmischen. Er schüttelte den Kopf.

An einem anderen Tag stellte eine Frau auf Höhe des Engels fest, dass ihr das Portemonnaie aus der Tasche geklaut worden war, und verdächtigte deshalb den in sich versunkenen Jungen des Diebstahls. Leute kamen dazu und umstanden den Engel und die Gestalt, die an ihm lehnte. Sie forderten den Jungen auf, seine Taschen zu leeren und das Hemd auszuziehen, um zu beweisen, dass sich das Portemonnaie nicht bei ihm befinde, auch nicht das Geld. Man suchte den Boden seitlich der Brücke ab, ob er die Geldbörse eilig von sich geworfen habe. Er rührte sich nicht. Sie fassten ihn an, griffen ihm in die Taschen, packten ihn vorn am Hemd und tasteten ihn ab. Er ließ es geschehen, doch es fand sich nichts. Die Leute gingen unsicher auseinander. Die Verdächtigung blieb, aber sie hatten keinen Beweis, also verschwanden sie, auch die Frau, der das Portemonnaie gestohlen worden war. Sie entschuldigte sich nicht, sondern sagte im Fortgehen mit böser Stimme, wenn er es nicht selber gewesen sei, müsse er doch zumindest etwas gesehen haben. Vermutlich decke er nur den Täter, arbeite womöglich mit ihm zusammen und spähe die Brückengänger für seinen Komplizen aus. Die Geschäftsleute von der anderen Seite des Brückenvorplatzes sahen dem seltsamen Schauspiel zu, wie sie dem jungen Mann an der Engelsstatue schon seit Tagen zusahen, und mischten sich nicht ein.

Es gibt ein Hotel mit Blick auf den Brückenvorplatz und auf die Brücke selbst. Es ist ein kleines, unscheinbares Hotel, in dem die meisten Gäste nur eine Nacht bleiben. Die Zimmer sind im Sommer aufgeheizt von der Sonne, es gibt keine Fensterläden oder Jalousien, die die Hitze abhalten. Die Menschen gehen erst spät, wenn es schon dunkel ist, in ihr Zimmer. Nur dann kann man es – bei offenem Fenster – aushalten, auch wenn es noch laut ist auf dem belebten Vorplatz. Und

morgens brechen sie schnell wieder auf, nichts hält sie in ihren spartanischen Zimmern.
Mit anderen Worten: Zu Zeiten, wenn der Junge, der seit Tagen an den Brückenengel gelehnt saß, seinen Platz einnahm, war das Hotel bereits leer und niemand ging auf sein Zimmer, ehe der Engelbegleiter wieder verschwunden war. Kein Gast sah ihn je und sprach am Frühstückstisch über ihn, niemand beobachtete ihn vom Fenster aus, niemand fragte, wer er sei.
Bis eines Tages ein Mann in das Hotel kam und zwei Zimmer für sich und seine Tochter begehrte. Er betonte, um jeden Verdacht im Keim zu ersticken, dass er genötigt sei, sie in den Sommerwochen auf seine Geschäftsreisen mitzunehmen, um zu verhindern, dass sie ohne elterliche Obhut die Ferien verbringe. Er war seit kurzem alleinerziehend und niemand im Sommer vor Ort, um nach seiner Tochter zu sehen, nicht seine seit kurzem mit einem anderen lebende Frau, nicht seine Schwester, nicht seine Mutter, mit der das Mädchen ohnehin nicht bereit gewesen sei, gemeinsam in Urlaub zu fliegen. Er erzählte das alles ausführlich, denn er stieg immer, wenn er in der Stadt zu tun hatte, in dem kleinen Hotel am Brückenkopf ab und war deshalb mit dem Portier vertraut. Er habe seine Tochter auch nicht bei einer ihrer Freundinnen unterbringen können, die alle während der Sommerferien verreist waren. Anna, so hieß seine Tochter, sagte nichts und schaute genervt von den väterlichen Reden zu Boden.

Er machte sich Sorgen, aber er wollte oder konnte nicht selbst mit ihr Urlaub machen, er ging seinen Geschäften nach. Er fand das Hotel geeignet, nicht weil es preiswert war, sondern weil er glaubte, seine Tochter könne von dort allein in die Stadt. Er gab ihr Geld, damit sie etwas essen gehen könne, auch Geld für ein Eis und für ein paar sonstige Einkäufe, und hoffte, sie würde sich für die Barockkirche, für das Museum der Stadt und ein paar andere Sehenswürdigkeiten interessieren, in deren kühlen Räumen der Sommer erträglich wäre. In der Nähe der Brücke sei jedoch auch eine Badegelegenheit, wenn sie Lust habe. Von den früheren Reisen kannte er sich in der Stadt etwas aus. Er bemühte sich, Anna die Dinge schmackhaft zu machen, und redete im Zimmer auf sie ein, wie er vorher an der Rezeption auf den Portier eingeredet hatte. Anna nickte und äußerte sich nicht.
Er sagte zu ihr: »Das Hotel ist nicht schön, aber die Wege sind kurz. Du brauchst einfach nur rauszugehen. In zwei Tagen fahren wir weiter.«
Anna schwieg. Der Sommer zog sich hin. Ein Sommer ohne Menschen, so kahl wie das Zimmer des Hotels. Sie reagierte nicht. Das Zimmer schreckte sie nicht einmal ab. Sie nahm es kaum wahr. Sie hatte auch nicht vor, ihren Koffer auszupacken, ihre Sachen auf dem Bett auszubreiten, T-Shirts und Sommerröcke in bunten Farben, an denen sich freuen ließ. Es war nicht so, dass sie die Sachen nicht mochte. Aber sie

halfen nicht gegen das Alleinsein in diesem Sommer. Nichts half dagegen. Sie fühlte sich fremd, egal wohin ihr Vater sie mitnahm. »In zwei Tagen fahren wir weiter.«

Sie ging nicht hinaus, obwohl es im Zimmer heiß war. Sie sperrte das Fenster auf, und die Sonne glühte herein, während sie auf dem Bett lag, las oder über Kopfhörer Musik hörte. Sie ging nichts essen, solange sie allein war. Abends würde ihr Vater zurückkommen und sie in ein Lokal ausführen. Dort würde sie auch etwas trinken. Das reichte. Was sollte sie in der Stadt, in der Kirche, im Museum, beim Baden am Fluss? Sie kannte ja niemanden.

Wenn sie aufstand, sah sie mit flüchtigem Blick aus dem Fenster, weil sie nicht angezogen war. Sie erkannte die Badestelle rechts von der Brücke, wo ein paar Jungen von einem vorgelagerten Holzponton aus ins Wasser sprangen und die Mädchen ihnen gelangweilt zusahen. Anna hatte keine Lust hinunterzugehen, um sich abzukühlen. Sie störten die Jungen, die sich mit ihren Sprüngen wichtig taten und von den Mädchen bewundert werden wollten. Anna blickte nach links zur Brücke und sah die Engelsstatuen auf der Brückenmauer, drei Engel bis hinüber zum anderen Ufer. Aber sie ahnte, es mussten vier sein, wenn die Engel symmetrisch verteilt waren. Den vordersten Engel konnte sie nicht sehen, ohne direkt an die Fensteröffnung zu treten. Aus halber Zimmertiefe verdeckte die Wand unter dem Fenster den vorderen Teil der Brücke. Sie wechselte die Musik in ihrem MP3-Player und legte sich wieder hin.

Am Abend, als sie mit ihrem Vater zum Essen ging, schaute sie vom Eingang des Hotels aus über den Platz und fand ihre Annahme bestätigt, dass auf der Brückenmauer vier Engel in gleichem Abstand den Weg über den Fluss säumten. Sie sah, dass der vordere Engel nicht allein war, sondern ein Junge an ihn gelehnt saß. Ein magerer Junge mit traurigem, abgewandtem Blick, als hätte er mit dem Engel gestritten und könne doch nicht von ihm lassen. Sie wartete auf ihren Vater, der die Zimmerschlüssel beim Pförtner abgab. Es war immer noch warm auf dem Brückenvorplatz, fast schwül. Das Wetter passte zu dem Bild, wie der Junge abgewandt von dem Engel, doch an ihn gelehnt saß. Die Luft war schwer, wie von einem schwelenden, ins Schweigen versunkenen Streit, fand Anna.

Aber das war nur ein kurzer Gedanke, dann legte ihr Vater den Arm um sie, als wäre sie seine Freundin, obwohl sie dazu wirklich zu jung war. Man konnte sehen, dass sie noch fast ein Kind war. Sie gingen fort. Als sie zurückkehrten, war es dunkel. Am Engel lehnte jetzt niemand mehr. Das sah Anna mit einem kurzen Blick über den Platz. Die Luft war etwas abgekühlt, als wäre der Streit zwischen dem Engel und dem Jungen, den sie gesehen hatte, vollzogen. So oder so war er fort. Der Engel verbrachte die Nacht allein.

Am anderen Morgen war er noch immer allein, als sie hinaussah, ehe sie mit ihrem Vater zum Frühstück ging. Danach verließ der Vater sie mit einem Kuss, und sie ging zurück in ihr Zimmer, schaute noch einmal hinaus. Aber es war zu früh. Niemand war da, und sie zog sich aus und legte sich halbnackt aufs Bett, um zu lesen, ihre Musik zu hören und auf den Abend zu warten. Es war schon am Morgen heiß. Manchmal dachte sie, während die Musik lief, an ihre Mutter, die nicht mehr da war. Seitdem fehlte etwas in Annas Leben, vielleicht nicht leibhaftig, überlegte sie, aus dem Alter war sie heraus, aber in ihrem Innern fühlte sie ein Loch, das sich nicht schließen ließ, nicht mit Badengehen und neuen T-Shirts, die sie sich kaufte. Anna wollte nirgends mehr hin. Manchmal schlief sie mitten am Tag in dem Loch, das sie fühlte, ein. Schlafen verkürzte die Leere in ihr und überdeckte die Angst.

Als sie an diesem Tag in dem Hotel wieder aufwachte, erinnerte sie sich, dass sie noch gegen Mittag Hunger gefühlt, danach aber eingeschlafen war. Sie wunderte sich, dass sie trotz des Lärms auf dem belebten Brückenvorplatz erst nach Stunden wach geworden war – völlig verschwitzt. Ihre Haut klebte. Sie überlegte zu duschen, ehe ihr Vater zurückkommen würde, um sie zum Essen abzuholen, was nicht mehr lange hin war. Morgen würde sie mit ihrem Vater weiterfahren. Es war ihr egal.

Sie stand auf. Die Hitze lag schwer im Zimmer. Als sie zum Fenster schaute, sah sie, dass ein Gewitter aufzog. Der Himmel verdunkelte sich. Sie schaute zu dem Badeplatz mit dem hölzernen Ponton hinüber, von dem noch immer die Jungen, genauso wie gestern, ins Wasser sprangen. Doch auch die Mädchen sprangen heute. Sie hörte die kreischenden Stimmen. Die Wolken verdeckten die Sonne.
Dann schaute sie nach den drei Engeln, die sie, ohne direkt ans Fenster zu treten, sehen konnte. Sie wirkten jetzt dunkler als gestern. Sie trat noch einen Schritt weiter vor, aber die Wand unter der Fensteröffnung verdeckte auch jetzt den vierten Engel. Sie musste noch weiter nach vorn. Es zog sie behutsam, fast unmerklich Schritt um Schritt. Sie reckte sich, stellte sich auf Zehenspitzen, um festzustellen, ob der vierte Engel dadurch sichtbar würde, dann tat sie den nächsten Schritt. Schließlich ging sie seitlich vom Fenster in Deckung und zog ihren Körper vorsichtig zurück.
Sie war nicht überrascht, den Jungen wieder an den Engel gelehnt zu sehen, aber sie fühlte sich vor ihm schrecklich entblößt. Erst recht wollte sie ihm kein Interesse zeigen, über das sie sich selber gar nicht im Klaren war. Er saß genauso wie gestern da, und sie fragte sich, warum. Er wirkte heruntergekommen, aber das störte sie nicht. Sie wusste nur, dass sie ihn beobachten wollte. Fast eine Stunde lang blieb sie hinter der Wand stehen und sah aus dem Fenster zu ihm hinunter.

Er zog sie an. Sie wollte näher zu ihm, doch ohne ihn anzusprechen. Sie wollte nur sehen, was mit ihm los war. Sehen, was sie von oben nicht richtig erkennen konnte. Sie zögerte, sah zu dem dunkler gewordenen Himmel und wusste, sie musste sich beeilen. Sie hätte duschen müssen, verschwitzt wie sie war. Ihre Haare frisieren. Aber dafür war keine Zeit mehr. Ihr Vater kam bald zurück. Sie zog nur den verschwitzten Slip aus und dann Jeans und T-Shirt über, was sie für angemessen hielt. Danach schaute sie noch einmal aus dem Fenster, ob der Junge nicht fort war, und verließ auf Zehenspitzen das Zimmer. Sie wunderte sich, warum sie den Schlüssel so leise umdrehte, als dürfe sie niemand hören. Vorsichtig ging sie nach unten. Zum Glück saß der Portier nicht am Empfang.
Als sie die Tür öffnete, wehte ein heftiger Wind über den Brückenvorplatz. Papierfetzen und Blätter kreiselten auf dem Pflaster. Der Himmel war gelb. Es begann zu regnen. Sie sah den Engel schwarz gegen das Licht und daneben seinen Begleiter, den schmächtigen Jungen. Sie wartete, ob der einsetzende Regen ihn vertrieb. Aber der Junge rührte sich nicht. Es blitzte über der Stadt, Donner grollte. Der Junge blieb sitzen, als ob er das Gewitter überhaupt nicht wahrnehmen würde. Sie wunderte sich. Es regnete jetzt heftig. Auf dem unebenen Pflaster standen die Pfützen. Unaufhörlich spritzten die Tropfen in sie hinein. Der Junge saß jetzt in einem blassen Dunst, der von der noch warmen

Brückenmauer aufstieg. Auch der Engel hüllte sich in einen Schleier aus leichtem Dampf.

Als es zum zweiten Mal blitzte, schien es Anna plötzlich, als ob der Junge den Kopf hebe und über den Brückenvorplatz zu ihr herübersehe. Aus der Distanz konnte sie sein Gesicht nicht erkennen. Anna glaubte zu wissen, dass es gefährlich sei, bei Gewitter so nah am Wasser zu sitzen. Sie hatte Angst. Dennoch blieb sie im Hoteleingang stehen. Sie wusste nicht, ob sie den Jungen ansprechen sollte. Wahrscheinlich würde er ihr gar keine Chance geben, mit ihm zu reden. An seiner Stelle würde sie es genauso tun.

Es donnerte über dem Platz. Sie dachte an das Loch, das in ihrem Innern herrschte. Und warum sie nicht zu ihrer Mutter gezogen war. Warum sich die Leere mit nichts füllen ließ. Sie zögerte, spielte mit ihren nackten Füßen in der Pfütze vor dem Hoteleingang wie ein Kind. Doch sie fühlte sich weiter angezogen von diesem Jungen am Brückenengel.

Es blitzte über dem Fluss. Und der Engel glänzte.

Fridolin Schley

In die Tiefe

für L. R.

In meinem Taschenkalender aus jenem Jahr, als ich meine Heimatstadt verließ, um ein Lehramtsstudium anzutreten, taucht Maltes Name nur einmal auf, am Nikolaustag 1997, zwischen spät abends oder nachts noch in müden Stichworten festgehaltenen Eindrücken, Terminen und Ereignissen des Tages: *10–12 Linguistik-Referat. Nachmittags Uni-Fußball. Mit Malte abends noch lange in der Küche. Wein getrunken und Texte ausgetauscht.*

Wir waren Etagennachbarn im Studentenwohnheim Georgenstraße, München-Schwabing. Auch Malte hatte sein Studium gerade erst begonnen und war zum ersten Mal von zu Hause fort. Bis dahin hatte er noch nie woanders als in seinem Kinderzimmer gewohnt. Ich erinnere mich nicht mehr, wie und wann wir uns kennengelernt, uns einander vorgestellt haben, aber es wird, da unsere Zimmer nur einen langen Gang weit voneinander entfernt lagen, in unserer Küche gewesen sein, die wir uns zu sechst teilten, vielleicht beim Einstandsessen von uns Neulingen oder morgens, fröstelnd, auf dem Weg zur U-Bahn, von wo aus wir in unterschiedliche Richtungen weiter mussten, ich zur philologischen oder historischen Fakultät, Malte zur juristischen. Er war einer jener Sonderlinge, die erst in der Rückschau zu solchen werden, obwohl die Aufzählung seiner Eigenheiten Seiten füllen würde. Er selbst kochte nie, sein Fach im Kühlschrank war immer leer, nur Unmengen von Kaffeevorräten hortete er auf seinem Regal. Er ging jeden Tag essen und las dabei zerfledderte Fantasy-Romane aus seiner Kindheit. Das ganze Jahr hindurch, bei jeder Witterung, trug er eine an den Ärmeln zu kurze rotblaue Skijacke, die sein Bruder, der als Investmentbanker angeblich in Moskau Karriere machte, ihm geschenkt hatte. Jeden Samstag und jeden Sonntag ging er ins Kino, meist nachmittags und fast immer allein. Wenn im Sommer die Tour de France übertragen wurde, ging er zwei Wochen lang nicht in die Uni und sah sich jede Etappe an. Er war kein Außenseiter, zumindest nicht gegen seinen Willen. Gab es in unserer Wohngemeinschaft Konflikte, richteten alle wie selbstverständlich ihre Argumente an ihn, vielleicht weil er in seiner stets zurückhaltenden, immer ein wenig distanzierten Höflichkeit niemandem näher stand als dem anderen. Nachdem er sich dann alles angehört hatte, entschied er einfach, wie etwas zu machen sei. Er war kein Kumpeltyp, eher jemand, den man um Rat fragte. In den beiden Jahren unseres Zusammenwohnens habe ich ihn nie mit einer Freundin gesehen, auch nicht mit kurzen Eroberungen, und das, obwohl man auf Wohnheimfesten von Mädchen, auf die man es selbst abgesehen hatte, immer wieder nach ihm gefragt wurde. Von seinen Eltern sprach er so gut wie nie, nur mit seiner Schwester telefonierte er fast jeden Tag.

Ich bezweifle, dass wir Freunde geworden wären, hätte uns das Schreiben nicht verbunden. Nicht wegen fehlender Sympathie – es war eigentlich unmöglich, Malte nicht zu mögen –, sondern wegen des forschen Vorwärtsdrangs dieses Alters, in dem man schnell einander verlorengeht, wenn nicht Äußeres einen zusammenhält, Studium, Sport oder nächtliches Weggehen. Malte schloss sich uns nur selten an, wenn wir loszogen, er war gern allein, er bestimmte den Takt, in dem sein Umfeld sich ihm nähern durfte.

Es kann, meinen Aufzeichnungen zufolge, nicht lange gedauert haben, bis wir einander anvertrauten, dass wir heimlich Schriftsteller werden wollten. Er habe, sagte Malte einmal, überhaupt nur deshalb angefangen, Rechtswissenschaften zu studieren, weil auch Kafka Jurist gewesen sei und weil ihn die an sich doch lachhafte Ernsthaftigkeit so anrühre, mit der das Rechtssystem glaube, die Wirklichkeit greifen und in Tatbestände und Paragraphen verwandeln zu können. Und kein anderes Ziel als das beruhigende Verpacken der sich ständig einem entziehenden Welt in übersichtliche Geschichten, in verstehbare Einheiten verfolge natürlich auch der Schriftsteller. Holte Malte, was nicht oft vorkam, zu solchen Betrachtungen über Kunst und Literatur aus, meist bei einer unserer späten, stundenlangen Sitzungen in der Küche, in denen wir uns flüsternd, damit die anderen uns nicht hörten, unsere Kurzgeschichten vorlasen und behutsam diskutierten, dabei immer darauf bedacht, den anderen nicht zu verletzen, dann fühlte ich mich mitunter dumpf und unreflektiert. Denn während Malte in seinen Interpretationen stets noch das Kleinste mit dem Größten verband, in einem einzelnen Wort ein allgemeines Prinzip entdeckte und an alle seine geschriebenen Sätze den Anspruch erhob, über die blanke Aussage allegorisch hinauszureichen, handelte es sich bei meinen Schreibversuchen fast ausschließlich um autobiographische Belanglosigkeiten. Oft ging es dabei um Mädchen oder ums Kiffen. Dass Malte dennoch niemals müde wurde, mir mit ungeheucheltem Interesse zu lauschen, ja immer noch mehr hören wollte, um anschließend in ausschweifenden Gedankengängen noch die banalsten meiner Sätze zu umkreisen und mit doppelbödigen Bedeutungen auszustatten, machte es eher noch schlimmer. Es war nicht nur, dass Malte deutlich mehr Erzähltalent und Sprachgefühl besaß als ich – es war, als bewegten wir uns auf vollkommen unterschiedlichen Ebenen. Versuchte ich den Verlauf einer Straße zu beschreiben, war sie »lang« und »gerade« oder »kurvenreich«, bei Malte lag sie »im Föhn des Frühsommertages da wie ein schläfriger Kater«. Seine Sprache floss, wo ich mich von Punkt zu Punkt hetzte. Während ich noch um treffende Worte rang, vermaßen seine Sätze schon das Ungesagte. Es sei doch eine Illusion zu glauben, sagte Malte, dass Sprache, dieses zeichenhafte, auf kaum mehr als Vereinbarungen aufgebaute und alles wahrhaft Erlebte zwanghaft reduzierende Stückwerk überhaupt irgendetwas angemessen ausdrücken könne. Und allein diese Hochstapelei der Sprache, der die ganze Welt blind folge und hinter der sich in Wahrheit doch nichts als eine gewaltige Leere erstrecke, interessiere ihn und sei es wert, in jeder Zeile und jedem Wort ausgestellt zu werden. Die Folge war, dass Maltes Geschichten kryptisch waren, bis an den Rand des gänzlich Unverständlichen.

Im darauffolgenden Sommer stellte er seinen ersten schmalen Roman fertig, den er mir über Wochen und Monate hinweg nachts Wort für Wort vorlas. Er hieß: *Ein Freund von mir soll hingerichtet werden*. Die Idee war, so Malte, dass in diesem Titel bereits alles vorhanden wäre, und der gesamte Roman nichts anderes sei als die geschwätzige Ausformulierung einer unerhörten Behauptung, ein Fest der Redundanz. Tatsächlich gab es auf den 150 Seiten so gut wie keine Handlung. Ein namenloser junger Mann wird für ein nie benanntes Verbrechen zum Tode verurteilt, und nach einer kurzen Phase der Auflehnung und des Kampfes fügt sich seine Familie in das Schicksal – so sehr und so endgültig, dass sie, als der Todgeweihte wegen eines Formfehlers im letzten Augenblick überraschend freigesprochen werden soll, selbst gegen ihn aussagt und ihn somit ums Leben bringt. All das war mit einer Art hyperrealistischer Genauigkeit geschildert, die Behördengänge, das Verfahren, die bürokratischen Abläufe und letzten Gespräche. Der Ton war plauderhaft, fast heiter und in seiner grotesken Unangemessenheit von einer unheimlichen, subtilen Bedrohung. Die Schlusszeilen lauteten: »Lange betrachteten sie, einander an den Händen haltend, seinen baumelnden, in der Brise sich wiegenden Körper. Sie weinten gemeinsam, und als der nächste Morgen anbrach, weinten sie noch immer. Er hatte sie erlöst. Sie würden weitermachen müssen. Das waren sie ihm schuldig.«

Ich verstand praktisch nichts. Aber daran, dass dies brillant war, bestand für mich kein Zweifel. Als ich Malte fragte, warum die Familie das tue, sagte er nach langem Zögern, weil es einfacher ist, sein Kind zu ermorden, als eine einmal in Worte gefasste Entscheidung zu revidieren. Gerne hätte ich ihn gefragt, ob das etwas mit seiner eigenen Familie zu tun habe und warum er nie, nicht einmal zu Weihnachten, nach Hause fahre. Doch stattdessen sagte ich, das sei ja wirklich kafkaesk. Da lächelte Malte nur, als wollte er sich für mich entschuldigen, und ich habe danach, und bis heute, dieses Wort nie wieder in den Mund genommen.

Ich riet Malte zu, das Manuskript an Verlage zu schicken, suchte ihm, weil er zögerte, sogar die Adressen heraus und setzte die Anschreiben auf. Noch heute vermag ich nicht zu sagen, ob ich durch mein Überengagement verdecken wollte, dass ich innerlich blass vor Neid war, oder ob ich nicht vielmehr ahnte, dass Malte scheitern würde, und bestrebt war, seine Niederlage voranzutreiben.

Nach etwa vier Monaten, in denen Malte so aufgedreht und auf euphorische Weise nervös war wie niemals sonst, kamen die Absagebriefe, einer nach dem anderen. Es waren standardisierte Schreiben mit nichtssagenden Formulierungen, und an den zurückgesandten Manuskripten konnte man mitunter sehen, dass allenfalls das Exposé oder die ersten paar Seiten gelesen worden waren. Malte tat diese Ablehnungen stets mit einem Schulterzucken ab – nur einmal nicht. Ein Lektor des Suhrkamp Verlages hatte ihm persönlich und ausführlich geantwortet. Maltes Roman, schrieb er, sei in seinem Haus auf einiges Interesse gestoßen. Sein Sprachvermögen sei, gemessen an seinem Alter, außergewöhnlich, und auch die expressionistisch verzerrte Handlung sei wie aus der Zeit gefallen, erinnere an eine frühere, literarisch fruchtbarere Epoche. Wenn er ihn dennoch enttäuschen müsse, so weil der Markt es ihm diktiere, auf dem es für dergleichen Prosa praktisch keine Leser gebe, und weil Maltes Manuskript – aber das sei natürlich allein seinem fast jugendlichen

Alter geschuldet – noch nicht weit genug in die Tiefe gehe, um sich als eigenwilliges Kunstwerk darüber hinwegzusetzen.
Malte hat in den darauffolgenden Wochen kein Wort des Ärgers oder der Verbitterung darüber verloren, nur einmal, als ich in dem halbherzigen Versuch, ihm Mut zu machen, sagte, selbst Joyce habe mit seinem *Ulysses* erst mal zehn Jahre lang Klinken geputzt, fuhr er mich in einer für ihn ganz ungewöhnlichen Schärfe an. Warum lässt du es denn nicht endlich gut sein?
Das ist dein erster längerer Text, Malte, antwortete ich, du wirst immer besser werden und noch viele Chancen haben. Doch es klang halbherzig, und ich fühlte mich dabei wie ein Heuchler, als wüsste ich, dass es nicht stimmte.
Aber es wird kein erstes Mal mehr sein, antwortete Malte jetzt aufgebracht, verstehst du das denn nicht? Es geht nicht um Qualität, es geht um Reinheit, um Jungfräulichkeit, um eine Kraft, die einem nur das erste Mal verleiht, darum, dass man in einem Moment noch alles vor sich hat und im nächsten schon nichts mehr bleibt als eine blasse, falsche Erinnerung. Die Zeit vergeht vor unseren Augen, aber niemand scheint das Skandalöse daran sehen oder anerkennen zu wollen, und je älter wir werden, desto weniger Premieren gibt es, wir sitzen in einem Theater, und irgendwann haben wir alle Stücke schon einmal gesehen, und dann kommt die Angst vor dem letzten Vorhang, mit jedem

Tag stirbt ein erstes Mal, ein Erwachen in Unschuld, und nichts davon kommt jemals wieder, so wie eine Geburt auch im Moment ihres Geschehens bereits unwiederholbar vorbei ist.
Da wusste ich schon nicht mehr, wovon er eigentlich sprach. Er sah mich an, als hasste er mich dafür, dass er vor meinen Augen die Fassung verloren hatte.
Ich bin sicher, dass Malte, ebenso wie ich, ahnte, dass es nach der Suhrkamp-Absage kein weiteres nächtliches Vorlesen in der Küche geben würde. Wir haben nie wieder über Literatur gesprochen. Im Nachhinein wirkt immer vieles planvoll und folgerichtig, doch in Wahrheit weiß ich nicht, ob Maltes in der Folgezeit schleichend sich vollziehende Abkehr im Zusammenhang stand mit der Enttäuschung über seinen Misserfolg. Zu Beginn des nächsten Semesters zog Malte ein Stockwerk höher und im darauffolgenden noch eines. Es sei nichts gegen uns, versicherte er, als wir ihm halfen, seine Kartons nach oben zu tragen, ganz im Gegenteil, aber er liebe einfach die Aussicht über die Dächer so sehr. Er muss in den nächsten zwölf Monaten vier- oder fünfmal umgezogen sein, bis er zuletzt auf der fünften und obersten Etage wohnte, mit direktem Fensterblick auf die nahe St.-Ursula-Kirche. Zwangsläufig sahen wir uns nun seltener, und wenn wir uns zufällig im Treppenhaus oder sonntags beim Bäcker trafen, waren unsere Gespräche betreten und von so unverbindlicher und vorsichtiger Höflichkeit,

als kennten wir die dunklen Geheimnisse des anderen. Äußerlich war keine Veränderung an Malte festzustellen, keine Verwahrlosung und kein auffälliges Verhalten – nur, dass wir uns nun morgens nicht mehr an der U-Bahn begegneten, bemerkte ich und vermutete, dass er mir aus dem Weg ging.
In Wahrheit war Malte schon seit Monaten nicht mehr in der Uni gewesen, er verpasste Testate und den letzten Anmeldetermin für das Staatsexamen, und als er sich zum nächsten Semester nicht zurückmeldete, wurde er exmatrikuliert. Von alldem bekam niemand etwas mit. Man sah ihn nun öfter auf einem neuen Rennrad durch die Stadt fahren, als Kurier transportierte er Pharmazeutika für medizinische Labore. Malte hat einen neuen Nebenjob, hieß es nur im Haus, oder: Malte trainiert wieder für die Tour de France.
Silvester feierten wir jedes Jahr auf dem Flachdach unseres Wohnheims, es war stets der einzige Anlass, zu dem alle Bewohner, die nicht nach Hause gefahren waren, zusammenkamen. Wir nahmen Decken, Sektflaschen, Raketen und Musik mit nach oben und ließen es krachen, tranken viel und lagen uns um Mitternacht unter jugendlich pathetischen Freundschaftsschwüren in den Armen. Irgendwann kam immer die Polizei und verscheuchte uns unter Androhung von Anzeigen, ein paar Tage später waren Mahnungen der zuständigen Stadtbehörde im Briefkasten, und die Dachluke, die man über den Speicher erreichte, bekam ein neues

Vorhängeschloss, das schon am nächsten Tag wieder geknackt war. Es war immer dasselbe Spiel.
Erst in der Silvesternacht, als Malte verunglückte, erfuhr ich, dass er sein Zimmer schon vor Wochen hatte räumen müssen, nachdem die Hausverwaltung von dem Abbruch seines Studiums erfuhr. Vorübergehend, wie er meinte, schlief er nun im feucht-klammen Speicher unter dem Dach, auf einer alten Matratze, zwischen seinen Bücherkisten und großen Müllsäcken, in die er seine Kleidung gestopft hatte. Obwohl das ein klarer Verstoß gegen die Vorschriften war, tat der Hausmeister, mit dem Malte früher im Sommer manchmal Tischtennis gespielt hatte, als bemerke er nichts. Es gab keine Elektrizität dort oben, kein Wasser. Abgebrannte Kerzen waren am Kopfende seines Schlafplatzes festgetrocknet, der Holzfußboden war über und über bedeckt mit jahrzehntelang hier verstauten und dann vergessenen Habseligkeiten ehemaliger Studenten, Kassettenhüllen, Aktenordnern, geplatzten Glühbirnen, einem Skateboard. Von der Decke hingen einst zum Trocknen gebündelte Strohblumen wie Tropfsteingewächse in den Raum herab. Es war trostlos, Malte hauste in einem Loch. Selbst ihm, dessen innere Regungen stets hinter vollendeter Selbstbeherrschung und förmlichen Manieren verborgen blieben, war anzumerken, wie unangenehm es ihm war, dass wir sahen, wo er gestrandet war, als wir am Abend auf dem Weg zum Dach daran vorbei

mussten. Ich hatte das sichere Gefühl, dass wir ihm, der bis nach hier oben geflohen war, endgültig zu nahe traten. Mensch, Malte ..., brachte ich nur heraus, und der Schreck über den Anblick muss mir ins Gesicht geschrieben gewesen sein, denn Malte versuchte abzuwiegeln, zwinkerte uns zu und sagte lächelnd, ach, kommt schon, was braucht ein armer Poet denn mehr zur Inspiration? Dann stiegen wir aufs Dach, und obwohl ich mich, anders als es sonst von Unfallopfern oder Überlebenden von Flugzeugabstürzen bekannt ist, an kaum etwas von dem, was folgte, klar erinnern kann, weiß ich, dass ich von dieser Bemerkung Maltes seltsam heftig angerührt war. Dass ich glaubte, plötzlich wieder etwas von unserer alten Verbundenheit zu spüren, wusste ich doch als Einziger, wie ironisch seine Bemerkung gemeint war. Der arme Poet, Spitzweg – Malte hatte von jeher nichts als Verachtung für den Realismus des Biedermeier übriggehabt.

Am nächsten Tag, als wir auf dem Revier unsere Aussagen machten, gaben wir an, dass es glatt auf dem Dach gewesen sei, es hatte den ganzen Tag geschneit. Dass wir viel getrunken hätten und dass Malte schon vor zwölf Uhr unter Protesten einiger anderer eine Rakete nach der anderen in den Nachthimmel gejagt habe. Dass es, als wir um Mitternacht aufstanden und uns schwankend umarmten, ein dichtes Gedränge gewesen sei und dass wir einander kaum hätten verstehen können, so laut schlugen, nur einen Steinwurf entfernt, die Glocken der St.-Ursula-Kirche, und dass keiner gesehen habe, wie Malte ausgerutscht sei und fiel, oder sprang, und dass es bei dem Lärm der Böller, des Glockengeläuts und unseres Gejohles mehrere Sekunden, vielleicht sogar Minuten gedauert haben müsse, bis wir unten in der Tiefe jemanden schreien hörten.

Thomas Kastura

Onkel Petja

»Langsamer!«

Wiebke motzt während der ganzen Fahrt. Weil ich darauf bestanden habe, mit meinem Motorroller von Rostock zur Insel Poel zu fahren. Knapp zwei Stunden sind das auf der Landstraße. Sie legt sich nicht in die Kurven, protestiert, wenn ich in den Ortschaften zu schnell bin, sagt ungefähr hundertmal, dass sie besser den Bus genommen hätte.

Wir fahren über die Brücke des Breitlingdamms und gelangen auf die Insel. In Kirchdorf biegen wir ab nach Brandenhusen. An der Küste stelle ich den Roller ab.

Wiebke holt tief Luft, es geht weiter: Ob das so ein Macht-Ding von mir sei, der Mann am Lenker und die Frau hilflos hinten drauf.

Ich sage: »Stopp. Das ist unsere erste große Reportage. Wir schreiben zwar nur für unsere Schülerzeitung, aber für mich beginnt hier und heute der Ernst des Lebens. Vielleicht gewinnen wir mit der Story einen Wettbewerb. Wir verkaufen den Artikel an die *Ostsee-Zeitung* oder, wer weiß, an den *Spiegel.*«

»Träum weiter«, meint sie. »Wir sind sechzehn. Ein bisschen früh für deinen Karrieretrip.«

»Wir haben hier 'ne Riesenchance!«

»Ansichtssache«, meint sie. Wiebke *meint* immer nur. Die Zusammenarbeit mit ihr wird schwierig werden, das ist mal klar. Dabei könnte sie froh sein, aus Rostock rauszukommen. Ich bedaure zum x-ten Mal, dass ich kein Russisch spreche. Dann könnte ich Juri Pinotschkin allein interviewen und hätte nicht diese Nervensäge am Bein.

Vom Meer sind momentan nur Wellen und Nebel zu erkennen. Mystisch, wenn der Nieselregen nicht wäre. Der Nieselregen lässt keinen Gedanken an Schwerter im See und den ganzen Fantasy-Quatsch aufkommen, den Wiebke so mag, sondern hält einen hübsch unten.

Pinotschkin wohnt in einem alten Bauernhaus auf dem westlichen Teil der Insel. Angeblich hat er es sich von irgendeinem Literaturpreisgeld gekauft, kurz nach der Wende. Wenn er den Nobelpreis gewinnt, was gar nicht so unwahrscheinlich ist, wird er von hier verschwinden und sich was Hübsches im Süden suchen. Wenn. Denn für den Nobelpreis braucht er noch Publicity, da führt kein Weg dran vorbei. Die Leute von der Svenska Akademien möchten jemanden zum Vorzeigen haben, einen, der ordentlich »Danke« sagt für ihre Millionen, sich zigmal im Smoking fotografieren lässt und den Rummel in Stockholm zumindest am Rande mitmacht. Einen glücklichen Gewinner.

Aber dafür ist Pinotschkin nicht gerade der richtige Mann. Seit er sich 1991 auf Poel niedergelassen hat,

ist er völlig von der Bildfläche verschwunden. Haut Romane am Fließband raus – das Nobelpreiskomitee steht auf umfangreiche Gesamtwerke. Ansonsten hat er eine totale Nachrichtensperre verhängt.
Anfangs faselten die Zeitungen etwas von postsozialistischem Trauma, doch so richtig Bescheid wusste niemand. Wer hinter seiner Isolation einen Trick vermutete, wurde von Pinotschkin-Anhängern sofort angegriffen mit dem Verweis auf seine Dissidenten-Vergangenheit. Es hieß, er habe das Exil *verinnerlicht*.
Am meisten wurde darüber gerätselt, warum er ausgerechnet auf Poel lebt. Bei einem alten Russen, der aus Sibirien stammt, hätte man mehr auf die Provence getippt.
Schon vor 1991 gab es kaum Fotos von ihm – außer einer Aufnahme, die ihn als jungen Marineinfanteristen zeigt. Er hatte sich selbst zur Unperson erklärt, so wie es die früheren sowjetischen Machthaber auch mit ihm gemacht hatten.
Doch Pinotschkin wurde älter. Inzwischen geht er stramm auf die siebzig zu, und aus Stockholm ist immer noch nichts zu hören. Auch nicht von anderen Jurys, die hohe Preisgelder vergeben. Seine Bücher werden gelesen, aber als Mensch droht er zu verschwinden. Er musste etwas unternehmen.
Dass er ausgerechnet unserer Schülerzeitung ein Interview in Aussicht gestellt hat, ist ein genialer PR-Schachzug. Um genau zu sein, habe *ich* bei seiner

Agentin angefragt. Sie sprang sofort auf die Idee an. In Deutschland sind seine Romane am erfolgreichsten. Sie würde schon dafür sorgen, dass der Artikel seinen Weg in die überregionalen Medien fände.
Der erste Schritt vom Idealismus zur Realität: Schließ einen Deal.
Wiebke zieht einen hellblauen Regenponcho über und schultert ihren Rucksack. Mit ihrem rosigen Teint und der blonden Girlie-Frisur sieht sie aus wie eine Pfadfinderin. Sie ist schon ganz heiß darauf, Pinotschkin kennenzulernen. Seinen letzten Roman hat sie *verschlungen.*
Ich schnappe mir meinen Daypack und laufe hinter Wiebkes Trekkingstiefeln her. Die Häuser der Ortschaft sehen rheumatisch aus in dem miesen Herbstwetter.
Wir betreten die Insel-Schenke, ein kleines Ausflugslokal, und suchen uns an der Theke Sandwiches aus. Auf meinem ist Roastbeef. Wiebke macht ein angewidertes Gesicht. Ich schmiere eine ordentliche Portion Senf drauf und beiße ein großes Stück ab. Sie zieht eine Pfadfinderinnenaugenbraue hoch und knabbert an einer Putenstulle.
Schweigend blicken wir durch ein großes Panoramafenster aufs Meer. Nachsaison. Seevögel suchen nach Nahrung. Ziemlich existentialistisch hier.
Ich bin auf Recherche und habe keine Ahnung, was auf mich zukommt. Muss wohl so sein. Spannung,

wie Pinotschkin sein wird. Angst, dem Ganzen nicht gewachsen zu sein. Und eine große Klappe, um die Unsicherheit zu überspielen.

Der Chef der Insel-Schenke fragt uns, was wir vorhaben. Er heißt Malte Jensen.

»Wir wollen uns mit Juri Pinotschkin unterhalten«, sage ich. »Kennen Sie den?«

Jensen brummt etwas in seinen Krausbart. »Lässt sich selten hier blicken«, verstehe ich.

Wir kriegen aus ihm raus, dass keiner der Einheimischen Pinotschkin leiden kann. Er würde sich völlig abkapseln. »Das wär schon in Ordnung«, setzt Jensen hinzu. »Kann ja ruhig für sich bleiben, wenn er will. Aber für'n Russen ist er ziemlich arrogant.«

»Herr Pinotschkin ist ein berühmter Schriftsteller«, belehrt ihn Wiebke.

»Da lässt er auch keinen Zweifel dran. Kommt einmal im Monat vorbei und säuft sich einen an. Aber meinen Sie, er hätte sich ein einziges Mal bedankt, dass ich ihm seine Pakete rausschlepp und jeden Morgen die Post bring, ob's stürmt oder schneit?«

»Er hat in der Sowjetunion viel ertragen müssen«, lenkt Wiebke ein.

»Das muss er ja wohl nich' an uns auslassen, oder?«

Ich habe eine Landkarte und eine Wegbeschreibung. Zur Sicherheit frage ich Jensen, wo Pinotschkins Hütte steht.

»Geradeaus nach Westen, bis es nicht mehr weitergeht. Dann sehen Sie das Haus schon. Steht direkt an 'ner Böschung, wo der Strand anfängt.«

Ich überprüfe mein Diktiergerät, vergewissere mich, ob es aufgeladen ist. Dann machen wir uns auf den Weg.

Wiebke marschiert los wie an einem Wandertag. Ich lasse sie ein Stück weit vorausgehen. Bei der Redaktionskonferenz hat sie mich mit Fragen gelöchert. Wie ich das Interview aufziehen will. Warum ich unbedingt in Pinotschkins Refugium eindringen muss. Welches seiner Bücher ich kenne.

Ich hab alle gelesen. Schlichte Sprache, einfache Symbole, packende Plots. Back to the roots war das Anfang der Neunziger.

Pinotschkin erzählt Legenden seiner Heimat nach. Aber in seinen Andeutungen wird deutlich, dass es nicht um irgendeine ferne Vergangenheit, sondern um die Gegenwart geht. Er schreibt allegorisch. Das macht eine Geschichte zu etwas Höherem, Übergreifendem, das überall verstanden wird. Und das ist doch das Wichtigste beim Schreiben: dass einen die Leute verstehen.

Wiebke zeigt auf eine Hütte, die einzige weit und breit. Spitzer Giebel, finnisch. »Das muss es sein.«

Ich schaue auf meine Uhr. Wir sind etwas zu früh. Pinotschkin hat uns erst für 15 Uhr bestellt.

»Na, dann los. Alles klar?«

Natürlich nicht. Sie will allen Ernstes eine halbe Stunde warten, damit wir pünktlich sind. Ich stapfe weiter.
Wiebke folgt fluchend.
Als ich anklopfen will, öffnet Pinotschkin schon die Tür. Anscheinend hat er uns durchs Fenster beobachtet.
Ich begrüße ihn auf Englisch. Er lächelt, will etwas erwidern, aber Wiebke drängelt sich an mir vorbei und mischt sich auf Russisch ein. Sie textet ihn richtig zu, doch er lächelt nur noch mehr. Guter Anfang.
Pinotschkin zeigt uns seine Hütte. Zwei Zimmer. Im ersten ein Gasherd mit Kartusche, ein Waschbecken, Vorräte in einem Regal. Ein Bistrotisch mit einem Klappstuhl. Ausgeblichene Farben. Ein Durchgang ohne Tür führt in den Raum dahinter. Ein kleiner Schreibtisch, noch ein Klappstuhl, ein Computer, eine Liege mit Schlafsack, ein Sperrholzschrank, auf den Holzbohlen Bücherstapel.
Die Einrichtung erschreckt mich. Ich habe etwas Gemütlichkeit erwartet. Stattdessen glotzt mir diese Camping-Tristesse entgegen. Keine persönlichen Gegenstände. Das Ganze könnte auch ein Gästezimmer in einem volkseigenen Haus der Wissenschaft und Kultur sein. Schade, dass wir nicht abgehört werden. Das wäre dann wie in einem von Pinotschkins Büchern. Reden mit doppeltem Boden, jedes Bild codiert.

Er stellt einen Topf mit Wasser auf den Herd. Sucht nach Bechern, hantiert mit einer Lipton-Dose. Offenbar will er Tee zubereiten. Wiebke wehrt ab. Ich sage ihr auf Deutsch, dass sie ihn machen lassen soll.
Pinotschkin zerrt von irgendwoher einen Hocker herbei und holt den Klappstuhl vom Schreibtisch. Damit wäre das Sitzplatzproblem geklärt. Ich lege mein Diktiergerät auf den Tisch. Als der Tee fertig ist, setzt er sich zu uns.
Er hat etwas Listiges in den Augen. Seine Kleidung ist fürchterlich, ein brauner Polyesterpullover mit Paisleymuster, graue Flanellhose. Viele Schriftsteller seiner Generation – er ist 1939 geboren – kleiden sich wie Penner.
Ich mag es nicht, lange herumzureden, um das Eis zu brechen. Am besten packt man Typen wie Pinotschkin, die ihr ganzes Leben nach Anerkennung gelechzt haben, bei ihrem Stolz.
Also zeige ich ihm, dass ich seine Bücher kenne, jedes Einzelne, auch längst vergriffene. Über Perschin, seine berühmteste Figur, steige ich ein. Mitten in der Tundra. Ein sibirischer Schamane.
Er kommt ins Erzählen. Welcher reale Mensch der Figur zugrunde liege. Wie er überhaupt zum Schreiben gekommen sei. Unter welch schwierigen Bedingungen sein erster Roman entstanden sei.
Das kenne ich alles aus alten Interviews, die mir sein Verlag geschickt hat. Ich lenke ihn wieder auf den In-

halt seiner Bücher: Was er seinen Figuren andichtet. Wofür sie stehen. Wie treffend ich, beispielsweise, seine Stalin-Karikatur finde – Schmeichelei schadet nie.
Wiebke übersetzt. Er denkt nach, wirkt irritiert, fragt dann, in welchem seiner Bücher ich denn Stalin entdeckt hätte.
Stirnrunzelnd nenne ich den Titel. Ich zähle weitere Figuren auf, hinter denen wechselweise Chruschtschow, Breschnew und andere Politiker der UdSSR vermutet worden sind, manche genial parodiert, andere lebensecht nachempfunden.
Er schüttelt den Kopf. Alle diese Figuren seien der Wirklichkeit entnommen.
Das sei mir schon klar. Aber er habe damit doch das politische System der UdSSR kritisiert.
Wieder Kopfschütteln. Alles, was er schreibt, habe sich wirklich so zugetragen.
Ich werde stutzig. Pinotschkin, verarsch mich nicht. In veränderter Form stelle ich ihm die Frage noch einmal, erkläre Wiebke, worum es mir dabei geht.
Sie übersetzt, ziemlich knapp, wie ich finde. Er lächelt sein Pinotschkin-Lächeln, das mich langsam zu nerven beginnt. »Nein, nein«, sagt er, »alles ist wahr.« Er würde nichts hinzuerfinden.
Mir geht sein Ethno-Geschreibsel durch den Kopf, Geisterwelten und anderer spiritueller Kram, behalte es jedoch für mich. Ich versuche es anders. Pinotschkins Biographie.

Er spult seinen Werdegang ab. Studium in Leningrad, Übersetzungen, erste Erzählungen, die Heirat seiner Frau, von der er sich bald getrennt habe, usw. usf. Alles, wirklich alles habe ich schon mal gelesen, selbst die Pointen, die er mir als spontane Einfälle verkaufen will.
Bald weiß ich nicht mehr weiter. Da fällt mir Poel ein, das verregnete Exil. Also: Warum Poel?
Er habe dieses Haus zu günstigen Konditionen erworben, wolle aber nicht darüber reden. Nur so viel: Seine Familie hatte unter seiner Flucht sehr zu leiden. Dann schweigt er. Das Gespräch steckt fest.
Wiebke grinst schadenfroh. Sie sagt etwas auf Russisch. Pinotschkin schmunzelt.
Ich entschuldige mich und gehe vor die Tür.
Das läuft nun gar nicht, wie ich es mir vorgestellt habe. *Alles ist wahr.* Soll das hier 'ne Märchenstunde werden? Hat er dafür sein berühmtes Schweigen gebrochen?
Ich habe den Kerl mal bewundert. Das weiß er natürlich nicht. Präsentiert mir Anekdoten aus dem Handschuhfach. Was ist mit den letzten Dingen: Gut und Böse, Schuld und Sühne, Liebe und Leid? Darum geht es doch in seinen Büchern.
Durchs Fenster werfe ich einen Blick nach drinnen. Wiebke und Pinotschkin unterhalten sich. Offenbar über ein amüsantes Thema. Er wirft die Arme hoch, gestikuliert. Sie hängt an seinen Lippen. Und steht

da nicht eine Flasche auf dem Tisch? Klar, die saufen Wodka.
»Wie ich sehe, habt ihr es euch gemütlich gemacht.« Ich nehme wieder Platz.
Pinotschkin bietet mir etwas von seinem Fusel an. Ich lehne mit dem Hinweis ab, dass wir ja noch Arbeit vor uns hätten. Wiebke übersetzt, er lacht.
»Was hast du ihm gesagt?«
»Nichts von Belang.«
»Ich bin nicht hier, um verscheißert zu werden.«
»Schnauz mich nicht an, ja?«
Wir setzen das Gespräch fort. Die derzeitige Lage in Russland. Ich vermute, dass ihm da einiges unter den Nägeln brennt.
Pinotschkin legt los, wird zum Politiker. Er redet von korrupten Provinzgouverneuren, von Arbeitslosigkeit, Wohnungsnot, Diskriminierung. Kein Wort vom wirtschaftlichen Aufschwung, von den Oligarchen. Außerdem habe ich das Gefühl, dass Wiebke seine Äußerungen mit ihren eigenen Ansichten garniert.
Ich frage, warum er so ein zurückgezogenes Leben führe und jetzt plötzlich an die Öffentlichkeit gegangen sei. Etwas gönnerhaft macht er mir klar, dass dieses Interview ein großes Privileg sei. Er habe die ganze Zeit auf Poel verbracht und nur geschrieben. Ende der Durchsage.
Ich beschließe, schweres Geschütz aufzufahren. Auch Pinotschkin hat seine Leichen im Keller. Anfang der

sechziger Jahre, als er im Westen noch ein kleines Licht war, erschien in einem DDR-Verlag sein Roman *Onkel Petja.* Ein hübsches Stück linientreuer Propaganda: Das tapfere sibirische Volk kriecht den großen Brüdern aus Moskau in den Arsch. Damals war noch nicht von Besatzern und Unterdrückern die Rede. Wahrscheinlich wollte Pinotschkin damit den Stalinpreis absahnen.

Wiebke zögert, aber sie übersetzt. Ich höre ›Petja‹ und ›Propaganda‹ heraus. Anscheinend übersetzt sie richtig. Da Pinotschkin ein paar Worte Englisch spricht, füge ich zur Sicherheit hinzu: »Your novel *Uncle Petja* is pure propaganda. But you said, everything in your novels is real.«

Wiebke schaut mich giftig an. Ich ignoriere sie und warte auf eine Antwort. Vielleicht redet er sich heraus. Die Zeiten waren schlecht, er brauchte Geld, irgendetwas in der Art.

Pinotschkins Blick wird hart. Er wird laut.

»Stimmt's etwa nicht? Hat das ein anderer Juri Pinotschkin geschrieben?« Ich sehe ihn herausfordernd an.

Mit einer diktatorischen Geste erklärt er das Gespräch für beendet. Wiebke redet auf ihn ein. Er beruhigt sich, legt eine Hand auf ihren Unterarm.

»Er möchte, dass du sofort sein Haus verlässt«, sagt sie schließlich.

»Dann kann er den Artikel vergessen.«

Sie übersetzt. Pinotschkin steht auf und geht in den anderen Raum. Ich beobachte, wie er in einer Schublade herumkramt.
»Er will sich bei der Schulleitung beschweren«, triumphiert Wiebke.
Pinotschkin hat sein Handy gefunden und hackt auf die Tasten ein. Er bekommt eine Verbindung, fragt sich zum Direktor durch, spricht plötzlich fließend Englisch. Die Worte »impertinent« und »insult« fallen.
Das gibt's doch gar nicht. Aufgeregt laufe ich hin und her. Normalerweise nimmt der Direx keinen Einfluss auf unsere Zeitung. Aber in diesem Fall …
Das Telefonat zieht sich hin. Pinotschkin schlägt plötzlich vor, dass Wiebke das Interview führen könne. Sie sei besser informiert als ich und einfühlsamer.
Ich kann's nicht fassen. Schließlich beendet Pinotschkin das Gespräch. Er wendet sich ab.
Was soll das jetzt heißen? Wiebke steht auf und geht zu ihm rüber. Da klingelt *mein* Handy. Der Direktor ist dran. Was denn da los sei, womit ich den Mann denn verschreckt habe.
Ich versuche, ruhig zu bleiben, und erkläre ihm alles, vor allem die Onkel-Petja-Geschichte, alles messerscharf recherchiert, da gebe es keinen Zweifel.
Der Direx denkt lange nach. Schweiß auf meiner Oberlippe: Wenn ich jetzt das Gesicht verliere, bringe ich mich um.

Endlich spricht er wieder. Ich solle mich nicht ins Bockshorn jagen lassen. Dieser Pinotschkin nehme sich wohl sehr wichtig. Ob ich aus dem, was ich schon habe, etwas Kürzeres machen könne.
»Ja«, antworte ich erleichtert, »das wäre schon möglich.«
»Vielleicht ohne diesen Onkel Petja zu erwähnen, dann sei doch jedem gedient?« Der Direktor sichert sich ab. Wahrscheinlich ist er deswegen Direktor.
»Mal sehen«, sage ich.
»Dann ist das ja geklärt.« Er legt auf.
Langsam packe ich meine Sachen ein. Wiebke und Pinotschkin tuscheln miteinander. Er macht sich wieder an seinem Handy zu schaffen, hält den Hörer an sein Ohr, stößt einen Fluch aus. Wahrscheinlich kommt er nicht durch.
Ich wende mich zum Gehen.
»Was ist denn nun?«, will Wiebke wissen.
»Das Interview ist beendet. Ich habe alles, was ich brauche.«
Unschlüssig bleibt sie neben ihm stehen.
»Möchtest du hierbleiben?«, frage ich.
»Er hat mich eingeladen.«
»Sieh mal an.«
»Spar dir deine blöden Bemerkungen«, zischt Wiebke. »Ich muss wieder ausbügeln, was du angerichtet hast.«
»Ihr passt gut zusammen.«

»Er ist ein liebenswerter alter Mann«, sagt sie trotzig.
»Kennst du überhaupt *Onkel Petja*?«
»Darauf versteifst du dich jetzt, wie?«
»Hast du das Buch gelesen oder nicht?«, beharre ich.
Sie schaut hilfesuchend zu Pinotschkin. Er mustert mich mit steinerner Miene.
Ich hole das Buch aus meinem Daypack und knalle es auf den Tisch. »Im Antiquariat kriegt man es noch.«
Sie kommt herüber, zieht *Onkel Petja* mit spitzen Fingern zu sich heran, blättert darin, liest, klappt es nach einer Weile zu.
Schweigen.
»Und?«, frage ich.
»Eine seiner Allegorien. Verbrüderung der Völker, Plädoyer für eine friedliche Koexistenz. Was soll daran so schlimm sein?«
»Die Sowjets sind die Guten. Im Gegensatz zu seinen anderen Romanen.«
»Das ist lange her«, wiegelt sie ab. »Kannst du dir vorstellen, wie schwierig es war, in der UdSSR zu veröffentlichen? Der sehnlichste Wunsch eines Autors ist es, gedruckt zu werden. Manchmal sind eben schwächere Texte dabei.«
Pinotschkins Ärger scheint abgeklungen zu sein. »Excuse me«, sagt er und greift sich ans Ohr. »The language, you know. It's very difficult.« Er bietet mir einen Stuhl an. »Sit down.«

Kurz spiele ich mit dem Gedanken, klein beizugeben und die Sache noch irgendwie durchzuziehen. Würde mich ein Lächeln kosten, so ein Pinotschkin-Lächeln für alle Lebenslagen.
Dann siegt mein Stolz. Ich nehme das Buch wieder an mich und verlasse das Haus.
»Ich nehm den Bus«, ruft Wiebke mir hinterher.
In der Insel-Schenke bringt mir Malte Jensen eine Tasse Kaffee. Ich sitze am Tresen, fühle mich ausgespuckt und nassgeregnet.
»Und, haben Sie mit dem Russen gesprochen?«, fragt der Wirt.
»Aus dem Interview ist nichts geworden. Er hat's platzen lassen.«
»Dann sind Sie wohl umsonst hergekommen.«
»Stimmt.« Ich nehme einen Schluck, heiß und bitter.
»Es geht mich ja nichts an«, fährt er fort, »aber wo ist denn das Mädchen?«
»Die beiden ergänzen sich hervorragend«, sage ich und zwinkere ihm zu. »Klarer Fall von Vaterkomplex.«
Jensen nickt wissend. »Eins kann ich Ihnen sagen. Der kriegt hier nichts mehr.«
»Wie bitte?«, frage ich überrascht.
»Pinotschkin. Ich schenke nichts mehr an ihn aus.«
»Warum das?«
»Wissen Sie, wie viel der mir inzwischen schuldet?« Jensen geht zu seiner Kasse, öffnet sie und holt einen

Zettel heraus. »Als Sie vorhin kamen, hab ich's ausgerechnet. 637 Euro und 50 Cent.«

»Kein Pappenstiel.«

»Und ich bin nicht der Einzige. In Marys Lebensmittelladen steht er auch in der Kreide. Aber jetzt ist Schluss. Keinen Cent kriegt der mehr. Nicht von uns hier.«

»Heißt das, er ist blank?«

»Kann man so sagen. Letztes Jahr kommt er zu mir und will sich tausend Euro leihen. Aus heiterem Himmel! Auf einmal, nicht in Raten. Da hab ich zu ihm gesagt: Nehmen Sie's mir nicht übel, aber was ist, wenn Sie mit meinen tausend Euro abhauen und sich auf Poel nicht mehr blicken lassen? Ich würde mein Geld nie wiedersehen, so sieht das aus. Na ja, ich hab ihm dann 'ne Flasche Korn gegeben, gratis, und er ist abgezogen.«

»Seltsam«, wundere ich mich und versuche, mir nicht anmerken zu lassen, wie hochinteressant das alles klingt. »Eigentlich müsste er von seinen Büchern leben können. Nicht in Saus und Braus, aber immerhin.«

»Meinen Sie? Was verdient man denn so als ... Dichter?«

»Für den Lebensunterhalt müsste es bei ihm reichen.«

Jensen fährt über seine Bartstoppeln. »Offensichtlich tut's das nicht. Vielleicht hat er ja noch andere Verpflichtungen?«

Ich zucke mit den Schultern.

»Sie kennen ihn doch«, bohrt er nach.
»Ich hab nicht die geringste Ahnung, wer er ist. Wie soll ich da etwas von Verpflichtungen wissen?«
»Ist ja gut.«
»Abgesehen von der Tatsache, dass er mal verheiratet war«, setze ich hinzu. »Aber das ist ja allgemein bekannt.«
»Verheiratet?« Jensens Augenbrauen schnellen nach oben.
»In den siebziger Jahren. Hat nicht lange gehalten.«
Er wird nachdenklich. »Und Sie wollten ein Interview mit ihm machen?«
»Das erste nach zehn Jahren. Sollte eine große Story werden.«
»Warum?«
»Weil er keine Interviews mehr gegeben hat, seit er auf Poel lebt.«
»Verstehe.« Jensen überlegt weiter. Bei ihm wirkt das wie ein geologischer Prozess: Auffaltung des Himalaya. »Und jetzt spricht er wieder mit der Presse?«
»Nicht mit jedem. Aber er will wohl wieder einsteigen ins Geschäft.«
Jensen beugt sich vor. »Sehen Sie den kleinen Tisch in der Ecke?« Seine Augen weisen in die entsprechende Richtung.
Unauffällig drehe ich mich um. In der Insel-Schenke ist wenig los. Ein junges Ehepaar schweigt sich routiniert an. Drei Rentnerinnen haben Pilsgläser vor sich,

die aussehen wie festgenagelte Attrappen. Und an dem Tisch in der Ecke sitzt eine Frau, die unter den Anwesenden mit Abstand am frischesten wirkt. Sie trägt ein dunkelblaues Strickkostüm und blättert in einer Illustrierten.

»Hat bei uns ein Zimmer gemietet, unter dem Namen Steger«, raunt Jensen mir zu. »Erst hab ich mir nichts dabei gedacht, aber ihr Vorname ist Daria. Das klingt –«

»Nationalität?«, frage ich hellwach.

»Deutscher Pass. Ist erst vor einer Stunde angekommen.«

Plötzlich hebt die Frau den Kopf. Sie nickt mir zu und deutet auf einen Stuhl an ihrem Tisch.

Ich gehe langsam zu ihr hinüber und stelle mich vor.

»Bitte setzen Sie sich.« Sie hat eine rauchige Stimme, keinen Akzent. »Haben Sie Probleme mit Ihrer Freundin?«

Wie sich herausstellt, hat sie alles mitgehört, was ich mit Jensen an der Bar gesprochen habe. Ohne Umschweife bestätigt sie meine Vermutung: Sie war mit Pinotschkin drei Jahre lang verheiratet. Danach sei sie nach München gezogen. Ihr zweiter Mann hieß Steger. Doch inzwischen sei sie Witwe.

Ich habe das Gefühl, dass ich über den Hoffnungslauf doch noch ins Finale gekommen bin. Pinotschkins Frau, live vor mir, interviewbar, fotografierbar, zumindest mit dem Handy. Die Frau, über die praktisch nichts bekannt ist, weil Pinotschkin in seinen früheren Interviews kaum ein Wort über sie verloren hat. Die Frau, die nur in Nebensätzen vorkommt: ›Nach meiner Scheidung.‹ ›Als ich mich getrennt habe.‹ Das ist viel zu gut für die Schülerzeitung.

Damit komme ich groß raus, bei der *Zeit* oder irgendeinem anderen wichtigen Blatt. Nach dem Abi Praktikum, bisschen studieren, nebenbei weiterschreiben, und dann: Hallo, Karriere!

Ich schätze die Frau auf Anfang fünfzig. Ach was, ich frage sie einfach.

»Achtundvierzig«, sagt sie.

Ich fummle mein Diktiergerät aus der Jackentasche und rücke meinen Stuhl zurecht, räuspere mich. Daria Steger, 48, spreche ich ins Mikro. Sie grinst belustigt.

»Darf ich Ihnen ein paar Fragen stellen?«, fange ich an.

»Gern. Aber erst, wenn Sie *meine* Frage beantwortet haben.«

Frage? Ach so, nach Wiebke. »Sie ist nicht meine Freundin. Ganz sicher nicht.«

Ich erzähle ihr die unerfreuliche Chose. Sie hört sich alles an, nickt ab und zu, vor allem bei der Onkel-Petja-Geschichte. Auf ihre Bitte hin beschreibe ich Wiebke.

»So ist das also«, sagt sie vieldeutig.

»Was führt Sie eigentlich nach Poel?«

»Bei Ihrem Gespräch mit dem Wirt konnte ich schlecht weghören.« Nachlässig deutet sie in Jensens Richtung. »Sie haben recht mit Ihrer Vermutung. Pinotschkin ist völlig abgebrannt. Deswegen bin ich hier. Wir wollen über einen Kredit reden.«
»Hat er Sie um Hilfe gebeten?«
»Es hat ihn wohl einige Überwindung gekostet.«
»Und?«, frage ich. »Werden Sie ihm unter die Arme greifen?«
»Das weiß ich noch nicht.«
»Wovon hängt es ab?«
»Wie unser Treffen morgen verläuft.«
»Wann haben Sie zum letzten Mal mit ihm gesprochen?«
»Als wir uns getrennt haben.«
»Hassen Sie ihn?«
»Nein.«
»Haben Sie ihn geliebt?«
Kurzes Zögern. »Ja, ich denke schon.«
»Warum haben Sie sich von ihm getrennt?«
»Das ist kompliziert.«
»Wollen Sie mir die Geschichte erzählen?«
»Das war so …« Sie macht eine Pause. Dann geht es los, eine Sensation bahnt sich an: Pinotschkin hat eine Doppelexistenz geführt. Kurz nachdem *Onkel Petja* erschienen war, fing er an, seine systemkritischen Allegorien zu schreiben und über Umwege in den Westen zu schicken. So weit, so gut. Aber parallel dazu hat er

sein Onkel-Petja-Geschleime unter falschem Namen fortgesetzt. Dafür hat er jede Menge Preise und Privilegien kassiert. Sein Pseudonym lautete Iwan Wolkow. Die *Prawda* nannte ihn »Soldat des sozialistischen Gewissens«.

Daria hielt dieses zweigleisige Leben nicht lange aus. Sie hatte Angst, dass alles auffliegen würde. Drei Jahre nach *Onkel Petja* trennten sich ihre Wege.

Das ist ja der helle Wahnsinn, denke ich und sehe meine Story schon gedruckt vor mir. »Und morgen findet also das Wiedersehen statt?«

»So ist es vereinbart.«

»Darf ich ein Foto von Ihnen machen?« Ich stelle mein Handy ein.

»Bitte.«

Ein Blitzlicht, und das Bild ist im Kasten.

Sie sei jetzt etwas erschöpft nach dieser … Beichte, sagt sie und steht auf. Mit einer huldvollen Geste wünscht sie mir viel Glück und geht die Treppe zu ihrem Zimmer hoch.

Was soll ich davon halten? War da doch mehr zwischen Pinotschkin und Daria? Vielleicht ein Versuch, die alte Liebe wiederzubeleben, und jetzt funkte Wiebke dazwischen? Die Frau tut mir leid. Da ist sie den weiten Weg von München gekommen, nur um festzustellen, dass sich Pinotschkin mit einem Groupie vergnügt. Vielleicht war das ja auch früher so.

Meine Story ist nicht so komplett, wie ich es mir wünschen würde. Aber welche Story ist das schon? Bevor ich sie einer Zeitung anbiete, werde ich noch mehr über Iwan Wolkow in Erfahrung bringen müssen.
Ich esse ein weiteres Sandwich. Dann verabschiede ich mich von Jensen und gehe zu meinem Roller. Um Wiebke brauch ich mich nicht zu kümmern, die kommt ohne mich klar. Langsam wird es Abend. Ob sie bei dem Kerl übernachtet? Wär ihr zuzutrauen.
Als ich die Ortsausfahrt von Brandenhusen erreiche, halte ich an und drehe mich noch mal um. Daria Steger verlässt gerade die Insel-Schenke. Sieht so aus, als mache sie sich auf den Weg zu Pinotschkins Hütte. Schlechte Aussichten für den Kredit, denke ich schadenfroh und fahre weiter. Schnell runter von der Insel. Es juckt mir in den Fingern, endlich mit dem Schreiben anzufangen. Zu Hause wartet der PC.
Rakow. Neubukow. Die Straße nach Rostock ist wie leergefegt. Ich bin der zufriedenste Rollerfahrer Mecklenburgs.
Bis mir etwas einfällt. Ich hab vergessen, Daria Steger nach ihrer Telefonnummer zu fragen. Mist! Muss wohl noch einiges lernen als Journalist. Na ja, jeder fängt mal klein an.
In Bad Doberan mache ich bei einer Tankstelle Halt. Inzwischen ist es dunkel, meine Arme sind ganz steif von der Fahrt. An einem Stehtisch trinke ich einen heißen Kakao und kaufe mir ein paar Zeitungen. Da ste-

hen die Redaktionsadressen drin. Ich überlege, wem ich meine Story anbieten soll, blättere in den Kulturseiten. Manche Artikel sind mit einem Bild des Verfassers versehen.

Dann sehe ich sie. Daria Steger.

Sie trägt eine Brille und wirkt sehr intellektuell. Neben ihrem Foto steht ein Zusatz: Von unserer Mitarbeiterin. In ihrem Text geht es um den nächsten Nobelpreis.

Daria Steger ist Journalistin. Eine Konkurrentin, wie es scheint, eine besonders skrupellose. Sie war gar nicht mit Pinotschkin verheiratet. Das war alles gelogen. Sie hat mich ausgetrickst, gelinkt, Informationen aus mir rausgekitzelt. Was heißt rausgekitzelt, ich hab ihr den Onkel-Petja-Fall ja auf dem Silbertablett serviert.

Vermutlich spricht sie gerade mit ihm. Überredet ihn, sein Comeback lieber in einer großen Zeitung zu inszenieren.

Bestimmt wird Wiebke ihr dabei helfen.

Thomas Lang
Halbgefrorenes

1

»Hier hast du noch mal zwanzig Euro.« Pap hielt das Portemonnaie weit weg, um besser sehen zu können. »Oder dreißig. Mehr kann ich dir nicht geben. Wo ist Lisa?«
Lutz steckte die beiden Scheine in die hintere Hosentasche. Er fand, dass sein Vater komisch aussah in dieser beigen Hose und dem hellblauen Hemd. Sein Gesicht glänzte, als hätte er es poliert, jedes einzelne der quer über seine Platte gekämmten Haare schien er seinen Vorstellungen entsprechend extra ausgerichtet zu haben. An den Füßen nagelneue Trekkingsandalen mit vorn hochgezogener Sohle, die zu seinem restlichen Outfit überhaupt nicht passten. Wenigstens trug er keine Socken.
»Lisa ist in ihrem Zimmer. Wahrscheinlich sammelt sie noch ihre Barbiepuppen ein.«
»Lisa!«
Schreiend lief Magnus den Flur runter.
Lutz nahm die Scheine aus der hinteren Hosentasche wieder heraus und steckte sie in die vordere. Es war Geld, das er gut gebrauchen konnte. Mona hatte al-

lerdings offengelassen, ob sie kommen würde. Ihre Eltern verbrachten die Zeit über Pfingsten in einem Haus in der Bretagne. Es gehörte ihnen, und Mona hatte schon oft erzählt, wie toll die Sommer dort waren, viel besser als am Mittelmeer in der Sonne zu braten. Andererseits betonte sie immer wieder, wie sehr sie sich mit ihren Eltern langweile. Wenn sie nicht kam, würde er Paps Karte nehmen und sich ein paar DVDs holen, Das Bourne Ultimatum oder die Spiderman-Filme. Lutz hoffte, dass sie doch käme, dann würden sie sicher keine DVDs schauen. Es sei denn, sie wollte das. Sie waren schon seit letztem Herbst zusammen und hatten sich noch nie gelangweilt. Mona war ein Dreivierteljahr älter als Lutz, doch sie gingen in dieselbe Jahrgangsstufe. Letzten Herbst hatte er sie zum ersten Mal gesehen (sie war mit ihren Eltern aus einer anderen Stadt hergezogen), und mit ihrem Riesenrastalockenkopf hatte sie ihm sofort gefallen. Lutz hatte sich verdammt ins Zeug gelegt, um mit ihr zusammenzukommen, er war nicht als Einziger hinter ihr her gewesen. Ihre Liebe machte ihn glücklich.

Auch sein Vater war verliebt. Er hatte in all den Jahren zwar immer mal wieder eine Frau mit nach Hause gebracht. Doch jetzt schien es zum ersten Mal ernst zu werden. Britta war im Unterschied zu den anderen wiedergekommen und wollte sogar mit Pap Urlaub machen. Lisa hätte bei einer Freundin bleiben sollen; daraus war am Ende nichts geworden. Wie Lutz woll-

te sie nun daheim bleiben. Aber Pap fand, dass sie zu klein war. Zum Glück für Lutz.
Er fand Britta ok, Lisa konnte sie nicht leiden.
Eigentlich hatte Lutz gehofft, dass er von der Gleichzeitigkeit der Gefühle bei Pap und bei ihm profitieren könne. Leider zeigte sein Vater keine Spur von Großzügigkeit. Er nahm es zwar hin, dass Lutz eine Freundin hatte, aber er gewährte ihnen keinen Raum. Für die nächsten Tage hatte er ein Besuchsverbot ausgesprochen, ohne richtige Gründe dafür nennen zu können. Eine Riesenungerechtigkeit, schließlich fuhr Pap mit seiner Freundin in Urlaub.
Mit einer mürrischen Lisa und deren zwei Koffern im Gefolge kam Magnus den Gang rauf.
»Soll ich dir einen Koffer tragen?«
»Du kannst Lisas Koffer tragen.« Magnus starrte auf die Uhr. »Wir müssen.«
Er wollte nicht mit dem Auto fahren, um die Parkgebühren am Flughafen zu sparen. Ans Busfahren war er nicht gewöhnt.
»Der Bus fährt erst in einer halben Stunde.«
»Das hab ich ihm auch gesagt«, mischte sich Lisa ein.
»Wenn wir den Bus verpassen, verpassen wir auch den Flug. Abmarsch.«
Pap hatte die Koffer schon in der Hand, als ihm noch etwas einzufallen schien.
»Hör mal, Lutz. Falls sie sich melden sollte. Lass sie nicht ins Haus.«

»Du meinst Gisela?« Er benutzte das Wort »Mam« nicht mehr, für niemanden mehr. »Sie hat sich doch seit Jahren nicht gemeldet.«
Pap nickte.
»Ja, du hast recht. Ich hab nur so ein komisches Gefühl. Hey, und generell gilt: keine Besuche. Ich will mir keine Sorgen um dich machen müssen.«
»Ich habe mit Max gesprochen. Wir wollen bei ihm ein Spiel programmieren.«

Eine halbe Stunde später telefonierte Lutz mit Mona. Sie versprach, gegen sechs zu kommen, dann würden sie etwas kochen. Lutz ging einkaufen. An der Kasse drehte er noch einmal um. Bestimmt trank sie gern Prosecco. Alle Frauen tranken das gern. Mit den Filmen dagegen war er unsicher, er kannte ihren Geschmack nicht gut genug und wollte auf keinen Fall mit den falschen Titeln dastehen. Man konnte von der Wohnung in die Stadt laufen, es wäre also kein Problem, später einfach noch mal loszugehen. Zu Hause stellte er den Wein kalt und legte Brettchen und kleine Messer fürs Gemüseschnibbeln zurecht. Er holte die große Decke mit dem indischen Muster aus seinem Zimmer und breitete sie übers Sofa im Wohnzimmer. Seine Aufgekratztheit wich einem dumpfen Gefühl im Bauch, als der große Zeiger über die Zwölf lief und dann weiter zur Drei, zur Fünf. Er wollte Mona nicht noch einmal anrufen, seine Handykarte war so gut wie leer, und wenn er über das Festnetz anrief, würde Magnus die Nummer auf der Rechnung entdecken.

Um zehn vor sieben klingelte es. Ein paar Regentropfen glitzerten in Monas Haarschopf, von ihrer Hand baumelten an ihren Plastikschlingen ein paar Dosen Bier. Lutz breitete die Arme aus. Sie küssten sich schon im Flur, lange und auf eine Weise, die ihm neu erschien. Mona presste ihre Brüste gegen seine Brust, er spürte, wie zwischen ihnen beiden die Energie floss. Er wollte sie niemals mehr loslassen.

In der Küche machte sie sich ein Bier auf. Lutz bot sie keins an, sie wusste, dass er nichts trank. Alkohol und Drogen hatten seine Mutter und beinahe die gesamte Familie zugrunde gerichtet. Gisela war jahrelang in verschiedenen Kliniken gewesen, Pap hatte dafür das Haus geopfert, und es hieß, dass sie positiv sei. Sie war nicht in der Lage gewesen, Kontakt zu ihren Kindern zu halten. Komisch, dass Magnus sich Sorgen machte, sie könne anrufen. Lutz glaubte nicht, dass er sie je im Leben wiedersehen würde.

»Hey, spinnst du, tu keine Sahne ans Gemüse«, rief Mona.

Er stellte den Becher zurück in den Kühlschrank.

»Sorry, ich hab immer noch nicht kapiert, was es bedeutet, vegan zu leben.«

Lutz mochte Fleisch, er mochte auch Eier und diese Sachen. Ein paar Mal hatte er versucht, mit ihr zu diskutieren, aber sie hatte immer die besseren Argumente.

Trotzdem versuchte sie niemals, ihn zu bekehren, das war auch so was Tolles an ihr. Immer wieder suchte er eine Gelegenheit, sie zu berühren, gab ihr zärtliche Küsse auf den Nacken, und sie räkelte sich dabei. Einmal drehte sie sich blitzschnell um und zog ihn fest an sich. In der rechten Hand hielt sie das kleine scharfe Messer, er konnte die Spitze durch sein Hemd auf den Rippen fühlen, während sie sich küssten. Sein Penis wurde richtig steif. Sie pressten ihre Leiber gegeneinander und knutschten und streichelten sich lange.
Irgendwann war das Essen angebrannt.
»Shit, was machen wir jetzt?«
»Pap hat den Gefrierschrank bis obenhin vollgestopft, damit ich nicht verhungere. Wir könnten Pizzas oder Fritten machen.«
»Pizza? Aber da ist … ach, scheiß auf den Käse.«
Sie überraschte ihn immer wieder.
Solange die Dinger im Umluftherd lagen, fläzten sie sich auf dem riesigen Sofa, das mindestens die Hälfte des Wohnzimmers für sich in Anspruch nahm. Die ganze Einrichtung war ziemlich spießig, wie Mona gleich bemerkte. Aber hier stand der Fernseher. Lutz schaltete durch die Programme, Mona checkte die DVDs.
»Mann, was für einen Schrott guckt dein Vater denn, About a Boy? Habt ihr kein Sky?«
Sie nahm ihm die Fernbedienung aus der Hand. Lutz zog die Karte aus der Tasche.

»Wir können nachher was ausleihen gehen.«
»Hey«, sagte Mona.

Als er die Karte in den Schlitz des DVD-Automaten schob, kam Lutz sich groß vor. Gleichzeitig fühlte er sich komisch in dem kleinen Raum, der etwas Stumpfes hatte. Wie eine Höhle, die nach wenigen Metern endet, ohne den kleinsten Durchschlupf. Mona stieß mit dem Finger gegen die Pappaufsteller und machte sich über diese Art von Werbung lustig.
»Wer steht auf so was? Dieser Spießerkram törnt voll ab.«
Das Bourne Ultimatum war nicht auf der Liste. Mona meinte, es gäbe den Film noch nicht auf DVD. Außerdem hatte sie keine Lust auf diesen retardierten Männerscheiß.
»Wenn schon, dann lass uns wenigstens Kill Bill schauen oder Death Proof.«
»Das ist doch Intellektuellenscheiß. 'ne Riesenschlachterei, nur so postmodern verbrämt.« In Wirklichkeit hatte er keine Ahnung. »Lass uns Spiderman anschauen.«
»Ey, ich geh gleich ins Kino. Und zwar allein.«
Ihr Gesichtsausdruck ließ keinen Zweifel daran, was sie von Lutz' Niveau hielt. Sie diskutierten noch ein bisschen hin und her. Am Ende holten sie sich Planet Terror und den Simpsons-Film.
Auf dem Weg zum Eiscafé sprach Mona kein einziges Wort. Lutz fühlte sich scheiße, er dachte, er hätte ir-

gendwie etwas kaputtgemacht. Die schöne Stimmung war hin, seine Aufgekratztheit war einem Grummeln gewichen. Er wünschte sich, dass sie wieder lieb miteinander sein sollten. Doch als er nach ihrer Hand fischte, steckte Mona sie in die Tasche.
Ein bisschen Angst hatte er auch, mit Mona in dem Café gesehen zu werden. Pap kannte ein paar der anderen Eltern. Wenn die oder auch die Leute aus seiner Stufe ihn sähen, würde es bestimmt die Runde machen. Aber es war niemand da, den er kannte. Es war überhaupt fast niemand da. Samstagabend, Pfingstferien, mieses Wetter – ein Wunder, dass der Laden nicht geschlossen war.
Die Aufgabenteilung hatten sie unterwegs beschlossen: Mona holte das Eis, Lutz ging aufs Klo. Zweimal fiel ihm sein Geldstück runter, und jedes Mal dachte er, dass man es bis draußen hören könnte. Er wählte den Schacht mit dem unauffälligsten Bild, bloß nichts mit Geschmack, Farbe oder Noppen. Als er die Gummis einsteckte und den Knopf seiner oberen Jackentasche zumachte, glaubte er nicht mehr daran, dass er sie brauchen würde. Kurz kam ihm die Frage in den Sinn, ob die Dinger eigentlich vegan waren.
Schon auf dem Rückweg wurde Mona wieder milder. Sie schien so wenig wie er zu wollen, dass der Abend ein Desaster würde. Sie liefen die Straße hinunter, die das Viertel mit den Mietshäusern von dem mit den Eigenheimen trennte, in dem er früher mit seiner Familie

gewohnt hatte. An einer Straßenecke stellte Mona die in Papier geschlagenen Eisbecher auf einen Waschbetonpfeiler und zog Lutz an sich. Er drückte sie gegen den Zaun, fast in die feuchte Nadelhecke. Mona hatte die Beine ein Stück weit geöffnet, sie spürten sich durch ihre Hosen. Lutz' Haut, seine gesamte Körperoberfläche verlangte nach ihr. Er fürchtete nicht mehr, gesehen zu werden. Nach einem langen wilden Kuss, von dem man in Ohmacht hätte fallen können, sahen sie sich tief in die Augen. Mona biss ein wenig zu fest in sein Ohr.

»Ich liebe dich.«

Sie sagte es an der Grenze des Hörbaren. Lutz wollte ihr Geständnis erwidern, er spürte einen dicken Kloß im Hals.

Mona füllte das angeschmolzene Eis kurzerhand in Wassergläser. Lutz goss ungeschickt Prosecco drauf, die Hälfte schäumte über. Er lachte schon jetzt wie ein Betrunkener. Sie steckten zwei Strohhalme in das erste Glas und sogen das Gemisch zusammen ein, die Köpfe dicht aneinandergepresst. Es schmeckte kremig, zitronig sauer, dabei perlte der Wein auf der Zunge mit einem metallischen Aroma. Binnen Sekunden fühlte Lutz sich doppelt so wach wie vorher, gleichzeitig trat etwas wie ein Graben oder eine Schranke zwischen ihn und seine Wahrnehmung, sein Blick ging wie gefesselt geradeaus, und seine Bewegungen hatten irgendwie die falsche Geschwindigkeit. Nur heute, dachte er, nur dieses eine Mal. Es fiel ihm ein, dass seine Oma auch so was gemixt hatte, und plötzlich musste er lachen.

»Was hast du?«, fragte Mona mit leuchtenden Augen.

»Nichts. Mir fiel nur eben ein, dass sie, also meine Oma, die hat das, hihi, hat es Halbgefrorenes genannt.«

Mona prustete los. »Das ... ist'n ... Sorbet, Mann«, brachte sie gerade noch raus. Tränen lachend leerten sie das zweite Glas auf dieselbe Weise wie das erste.

Das indische Tuch rutschte von der Rückenlehne und wickelte sie halb ein, als sie aneinander festgesaugt aufs Sofa taumelten. Lutz hätte später nicht mehr darauf geschworen, aber er glaubte sich zu erinnern, dass Mona die Knöpfe an ihrem Hemd selbst öffnete und dass sie auch ihn auszog. Nie würde er dagegen vergessen, wie ihre Brüste sich in seinen Händen und an seinem Körper anfühlten. Nie würde er vergessen, wie selbstzufrieden sie dreinschaute, als sie sagte: »Oh, mein Slip ist ganz nass.«

Und vor allem würde er niemals vergessen, wie er, als sie irgendwann auf seinen Oberschenkeln saß und ihre Hände fest gegen sein Brustbein presste, all seinen Mut zusammennahm und sagte: »Ich möchte dich spüren. Nur einmal ohne.«

Da war es passiert.

2

»Darf ich ihn anfassen?«

Mona schien unschlüssig.

»Nein«, sagte sie schließlich. »Ich glaube, das wäre keine gute Idee. Wir sollten nicht zu viel Nähe entstehen lassen. Damit verletzen wir uns nur.«

Lutz schob die Hände in die Taschen. Erst als es wehtat, wurde er sich bewusst, dass er die Daumennägel in seine Zeigefinger grub. Es ging nicht darum, ihren runden Bauch zu berühren. Er wollte lediglich mal spüren, wie das Baby sich bewegte. Es war auch sein Baby.

»Geht es dir gut?«

»Ja, die Kotzerei ist zum Glück vorbei. Ich hab dir ein Ultraschallbild mitgebracht.«

Sie schauten es zusammen an und fanden ihr werdendes Kind unglaublich hübsch. Lutz spürte, wie Mona weich wurde.

»Ich habe nachgedacht, weißt du. Ich bin sicher, dass wir es schaffen könnten. Das Abi ist jetzt nicht so wichtig für mich. Ich kann in Ronnies Kneipe arbeiten, man verdient nicht so schlecht. Vielleicht kann ich irgendwann die Abendschule machen.«

»Unter achtzehn darfst du gar nicht im Gaststättengewerbe arbeiten.«

»Oder ich programmiere Webseiten. Michel und ich wollen uns ohnehin irgendwann selbständig machen. Er ist schon achtzehn.«

»Du willst ein Geschäft *nebenbei* aufbauen? Wie soll das denn gehen?«

»Ich schaff das. Du machst die Schule zu Ende, du kannst auch –«

»Lutz! Es ist vorbei, versteh das doch.«

»Es ist auch mein Kind.«

»Phh.«

Sie schaute einfach seitlich zum Fenster raus. Obwohl sie schon zwei Monate getrennt waren, gab dieses »es ist vorbei« ihm immer noch einen Stich. Er glaubte, dass eigentlich ihre Eltern dahintersteckten. Die Nachricht von Monas Schwangerschaft hatte sie schockiert, das hatten sie selbst zu Lutz gesagt, aber eine Abtreibung wollten sie ihrer Tochter nicht zumuten und arbeiteten deshalb an einer verträglichen Lösung. Zwischen den Zeilen hatten sie trotzdem keinen Zweifel daran gelassen, dass sie Lutz für den Schuldigen in dieser Sache hielten. Monas Vater hatte gewartet, bis er mit dem Jungen allein war, um die Bemerkung loszulassen, Lutz werde, wenn er mit dem Kopf genauso schnell sei wie mit seinem Schniedel, bestimmt noch mal Karriere machen. Nun richteten sie das eine Gästezimmer als Babyzimmer ein und annoncierten wegen einer Tagesmutter. Nein, Mona musste nicht verzweifeln.

Sein Vater dagegen hatte ihm eine gelangt und drei Tage nicht mit ihm gesprochen, als Lutz ihm das mit dem Kind gestand. Auch wenn er sich nachher entschuldigt hatte, spürte Lutz jeden Tag, wie sauer Magnus war. Und er gönnte ihm heimlich, dass es mit Britta nicht gut lief. Lisa grinste ihren Bruder jedes Mal dämlich an, wenn sie sich begegneten. Sie hatte ja mitfahren dürfen in den Urlaub.

»Ich habe auch nachgedacht, Lutz«, erwiderte Mona nun.

Er ahnte, was jetzt kommen würde. Das machte es nicht besser.

»Was wir uns überlegt haben, dass wir uns regelmäßig sehen und so, das geht nicht. Es tut mir nicht gut, verstehst du. Und ich darf jetzt nur an mich denken.«

»Das tust du doch sowieso«, rief er.

›Ich hab halt gemerkt, dass ich dich nicht richtig liebe‹, hatte Mona bei der Trennung zu ihm gesagt. Warum hatte sie dann so getan? Und was war eigentlich mit seinen Gefühlen, die spielten hier gar keine Rolle.

»Ok, ein Kind braucht seinen Vater. Ich will den Kontakt zu dir nicht einfach abbrechen. Aber ich halte es nicht aus, dich so oft zu sehen. Deshalb möchte ich, dass du mich nicht mehr anrufst, bis das Kind auf der Welt ist. Hörst du?«

Möglich, dass sie noch mehr sagte. Lutz hörte es nicht. Was ist mit dem Namen, dachte er, wir haben noch keinen Namen ausgesucht. Sein Blick verschleierte sich. Vergangene Woche hatte seine Mutter angerufen, sie wollte Geld. Pap war seitdem noch mieser drauf. ›Erinnerst du dich‹, sagte er, als sie zusammen im Auto fuhren, und zeigte auf so eine Doppelhaushälfte. ›Das war unser Heim.‹ Was für ein blödes Wort.

»Du lässt mir keine Chance, das finde ich so beschissen. Ich hab euch so lieb, dich und das Baby –«

»Wie kannst du das Baby liebhaben, du kennst es doch gar nicht.«

»Es ist unser Kind. Jeder Vater liebt sein Kind.«

»Es ist mein Kind. Hier, in meinem Bauch wächst es heran. Von dir kam bloß ein bisschen Sperma.«

»Ach, und das hab ich dir mit der Post geschickt, wie? Uns hat es nie gegeben, diesen Abend haben wir nie gehabt, oder? Du bist so beschissen egoistisch!«

»Mit deinem Geschrei beweist du nur, wie unreif du bist. Außerdem warst du betrunken.«

Mona stand auf. Ihr Gesicht hatte etwas Pralles bekommen, trotz der Rastalocken sah sie nicht mehr cool aus. Er hasste sie. Nein, er hasste sie nicht. Sie wandte sich grußlos zum Gehen. Lutz stürmte an ihr vorbei auf die Straße und rannte. Im Stadtpark versuchte er, eine zu rauchen. Es ging nicht, die Lungen taten ihm weh.

Hier auf der kleinen Brücke, die an einer schmalen Stelle über den Teich führte, hatten sie einmal Pirat gespielt. Pap hatte mit Lisa im Boot die Brücke unterquert. Lutz war auf die Außenseite des Geländers geklettert und ins Boot gesprungen. Er konnte sich noch erinnern, wie sich das anfühlte, der harte Holzboden, der doch nachgab, und dieses irre Schaukeln; fast wäre das Boot gekippt. Lisa, die vor Lachen kreischte, und er, wie er sich fallen ließ, halb auf sie drauf, um nicht ins Wasser zu stürzen. Sie hätten es gern noch mal gespielt, aber Pap hatte es nie mehr erlaubt.

Henriette Kuhrt
Schnell weg

Claire sah sich um. Um sie herum war es dunkel, die Jalousien hinderten das Morgenlicht daran, in ihre Wohnung einzudringen und das Chaos zu beleuchten. Sie griff nach dem Wecker, zog ihn dicht vor ihr Gesicht und drückte auf das Beleuchtungslämpchen, zwanzig nach vier.

Claire seufzte. War sie nicht erst vor knapp einer Stunde nach Hause gekommen und hatte sich erschöpft neben Christian in ihr Bett fallen lassen? Gut, Bett war jetzt übertrieben, eher zwei übereinandergelegte Matratzen etwas lieblos aufs Laminat gelegt. Mit einer matten Geste stellte sie den Wecker auf den Boden zurück und kuschelte sich in ihr Kissen. Christian hatte ihr den Rücken zugedreht, sie konnte seinen Atem hören und die Wärme, die von seiner Seite des Bettes zu ihr herüberkam. Er roch nach Alkohol, das ganze Zimmer roch nach seinem Bierschnauf, dachte Claire, ich muss lüften, so kann ja kein Mensch schlafen.

Sie richtete sich auf, legte die Decke zur Seite und stand auf, darauf bedacht, die Matratze möglichst wenig zu erschüttern. Christian hatte einen schlechten Schlaf, er wachte leicht auf und konnte dann stundenlang nicht mehr einschlafen. Wenn er bei seinen

Eltern übernachtete, wurde er mit väterlicher Autorität dazu verdonnert, sich so lange ruhig zu verhalten, bis auch der Rest des Haushalts aufgewacht war. In Claires Wohnung hingegen hatte er sich etwas mehr Freiheiten herausgenommen, war aufgestanden und hatte den Computer hochgefahren, um Age of Empire zu spielen. Auf Claires müde Hinweise, das störe sie beim Schlafen, hatte er etwas verständnislos mit den Schultern gezuckt und auf seine Kopfhörer verwiesen; dann hatte er den Monitor ein wenig gedreht, so dass kein Licht auf Claires weiteren Schlaf fallen konnte.

Claire stand auf und ging mit leisen Schritten in die Küche. Sie strich ihre langen braunen Haare aus dem Gesicht, griff nach einem Gummiband, das auf dem Küchentisch lag, und band sich mit einer sehr routinierten Geste die Haare auf einem hohen Punkt ihres Hinterkopfs zusammen. Sie streckte ihre Beine von sich, hell und dünn leuchteten sie im Dunkeln. Zu gern hätte Claire jetzt eine geraucht, aber damit war es wohl vorbei. Die Küchenvitrine war bislang das einzig richtige Möbel in diesem Raum, ein hellbrauner Bauernschrank mit verglastem Oberteil und einer kleinen Kommode unten. Der Rest der Möbel war eilig zusammengesucht worden, der Esstisch war in einem früheren Leben der Schreibtisch ihres Jugendzimmers gewesen, das blaugestrichene Bord über der Spüle hatte Christian aus dem Speicher seiner Eltern herübergeschafft, und der kleine Wandschrank, in dem jetzt die Putzmittel wohnten, war ein ehemaliger Militärspind, der ihrer Freundin Nicki lange als Schuhschrank gedient hatte (da der Spind keinen einzigen Einlegeboden, sondern nur ein paar Haken an der Decke besaß, hatte es Nickis Schuhen nicht sehr gut getan, wild übereinandergeworfen in das Metallgehäuse gepresst zu werden; für langstieligen Küchenkrimskrams hingegen erwies der Schrank sich als halbwegs praktisch).

Zusammengesammelt waren auch Tassen und Besteck, von Flohmärkten und aus dem Nachlass einer verstorbenen Oma, verbogene Löffel mit nun bedeutungslosen Initialen, Teller, deren Größe und Beschaffenheit absichtlich nicht zusammenpassen wollten, und eine bislang ungenutzte Nudelmaschine, die Christian eines Tages mit einem strahlenden Gesichtsausdruck bei ihr angeschleppt hatte.

Einzig Herd und Spüle waren neu, ein Geschenk ihrer Eltern zur eigenen Wohnung, zum eigenen Leben, übergeben mit einem mahnenden Gesichtsausdruck, bekümmert, so als ob sie sagen wollten, dass sie sich die Zukunft ihrer Tochter *etwas* anders vorgestellt hatten, es jetzt aber auch zu spät für Beschwerden und andere Erziehungskorrekturen war.

Claire stand auf, setzte Teewasser auf und trat ans Fenster. Die Sonne ging bereits auf, und sie erinnerte sich daran, wie sehr sie als kleines Mädchen diese Stunden zwischen Tag und Nacht geliebt hatte, in

denen alles so ruhig und klar war und sie sich leicht einreden konnte, allein auf der Welt zu sein.
Kein einziges Auto fuhr die Straße entlang, unter den Verkehrsberuhigungsbäumen sammelten sich Fahrräder in verschiedenen Verrottungsstadien, und ein einsamer Hund lief hastig den Bürgersteig entlang, nur um plötzlich stehen zu bleiben, zu wenden und in die andere Richtung zu traben. Claire hätte gern gewusst, was den Hund zu seiner plötzlichen Umkehr bewegt hatte, doch da ihr keine Antwort einfiel, drehte sie sich um, goss Tee auf, setzte sich aber danach wieder ans Fenster.

***

Sie erinnerte sich noch daran, wie es war, als sie Christian kennengelernt hatte. Sie hatte keine Beziehung im Sinn gehabt, keine Suche nach Liebe, sie war gerade damit beschäftigt gewesen, zur Schule zu gehen, ihre Leistungskurse zu wählen und mit Nicki darüber nachzudenken, woher man am besten ein Auto organisieren konnte. Ihre Zukunftsvorstellungen reichten nicht weiter als bis zu den nächsten Sommerferien; gegenseitig lackierten sie sich in den Pausen die Fußnägel in Orange und erstellten Listen von Jungen, die sie noch vor dem Abitur küssen wollten.
Christian machte gerade Zivildienst, eine Tätigkeit, die Claire damals irre erwachsen schien. Er kümmerte

sich um einen Jungen im Rollstuhl, den er offiziell zu seinen Terminen begleiten sollte, inoffiziell aber mit Computerspielen, Gras und Porno-DVDs ausstattete. Der Junge liebte ihn, und Claire war so hingerissen von dieser Mischung aus Pflichtbewusstsein und Alltags-Anarchie, dass es nicht lange dauerte, bis auch sie in ihn verliebt war.

Aber keine Beziehung, flüsterte sie ihm beim Küssen ins Ohr. Nein, küsste er zurück, keine Beziehung. Er hatte sie an diesem Morgen zur Schule gebracht, es waren ihre Abschlussprüfungen, sechs Stunden lang Bio-Leistungskurs, Claires Lieblingsfach. Er drückte kurz ihre Hand, drückte ihr ein Paket mit Pausenbroten, Obst, Wasser und selbstgebackenem Kuchen in die Hand, dann eilte sie los. Sie hatten in der Nacht zuvor wenig geschlafen, und trotz oder wegen des Schlafentzugs schrieb Claire die beste Klausur ihrer gesamten Schulzeit. 15 Punkte.

Und dann das. Es erschien ihr absurd, wie leicht sich Gewissheiten in nichts auflösen können, wie Bedeutung zerbröckeln und Wissen zu einem Witz werden konnte. Eine Nacht in der Gartenlaube seiner Eltern hatte es gebraucht, um ihre Pläne von einer Reise mit Nicki durch Südamerika, dem Studium der Meeresbiologie und einem Leben in Freiheit zu beenden. Ein gerissenes Kondom, und sie war dran.

Als Claire merkte, dass sie schwanger war, war ihr erster Impuls unfassbare Scham. Ungewollt schwanger und das mit 18, da konnte man sich ja gleich »asozial« auf die Stirn tätowieren lassen. Ungeplant, das passierte doch niemandem, der im Biologieunterricht jede Tabelle auswendig gelernt hatte. Sie starrte mit offenem Mund auf den Schwangerschaftstest, während Nicki ungeduldig an die Badezimmertür klopfte und sagte: »Was denn nun, Claire, was ist denn jetzt los?« Dann liefen ihr die Tränen über die Wangen, sie hatte den Mund zu einem tonlosen »O« geformt, Nicki stürmte das Bad, nahm sie in den Arm, und gemeinsam weinten sie, Claire hockte zitternd auf dem Klo und Nicki auf dem Rand der Badewanne. Nickis Armreifen klimperten dicht an Claires Ohr, sie konnte ihr Haarspray riechen, und im Hintergrund lief Bon Jovi im Radio.

»Du verarschst mich!« – Christians Reaktion auf die Neuigkeiten hätte eindeutig liebevoller aussehen können. Kinder? Er? Jetzt? Er sei gerade erst 20, sagte er, das Leben liege noch vor ihm. Sie hätten sich doch beide darauf geeinigt, dass das eben *nicht* in eine Beziehung führen sollte, *sie,* Claire hätte doch pausenlos auf ihrer Unabhängigkeit bestanden, es war guter Sex und auch viel mehr, aber lange nicht genug, um eine Familie zu gründen. Er wohne schließlich noch bei seinen Eltern!, fügte er hinzu, und Claire wartete schweigend darauf, dass er noch anmerken würde, er sei doch selber noch Kind.

Er schaute sie an, als sei sie absichtlich schwanger geworden, als habe sie nichts Besseres zu tun gehabt, in

Ermangelung eines Hobbys oder eines genauen Plans, was denn jetzt eigentlich nach der Schule mit ihr passieren sollte.
Dass Muttersein, eine Zukunft mit Christian und Verantwortung, die alles überstieg, für das sie jemals die Verantwortung übernommen hatte, auch nicht gerade in ihren Lebensentwurf passte, erwiderte Claire nicht. Sie war müde, biss auf dem Strohhalm ihrer McDonald's-Cola herum und ließ ihn reden. Erst als Christian eine Pause machte, nervös mit dem Ketchup auf seinem Tablett herumspielte und ihr mit panischem Blick ins Gesicht sah, wurde sie wach. »Ich habe noch Hunger«, sagte sie, »soll ich dir noch einen Cheeseburger mitbringen?«
Als sie zurückkam, war Christian verschwunden, sie bekam eine SMS, von »Überforderung« war die Rede, von Rückzug und von Angst. Am nächsten Tag rief er sie an, ob nicht eine Abtreibung in Frage käme, damit wäre das Problem ja aus der Welt geschaft, aber allein das Wort bereitete Claire solche Schmerzen, dass sie das Gespräch wegdrückte, sich aufs Bett setzte und den Fernseher anschaltete. Sie rief ihn nie wieder an, ging einmal zum Arzt und ließ sich ein Ultraschallbild ausdrucken, ein schwarzweißes Schneegestöber mit einem winzigen Punkt, der Arzt drückte es der schweigenden Claire in die Hand und versuchte einen Witz: »Das Geschlecht kann ich Ihnen leider noch nicht sagen.« Der Abzug war so verschwommen wie das

DDR-Fernsehen, das sie früher an der Ostsee empfangen konnte. Auf dem Heimweg warf Claire das Foto in den Müll und beschloss, die ganze Sache einfach zu vergessen.

Irgendwann stand er wieder vor ihrer Tür. Er trug seine abgewetzte Lederjacke, in der einen Hand hielt er seine Baseballkappe und kratzte sich damit verlegen am Kopf. Seine blonden Haare waren ein wenig länger als in ihrer Erinnerung. »Es tut mir so furchtbar leid«, sagte er, als sie die Tür öffnete und ihn eintreten ließ. »Ja, nun«, sagte sie und führte ihn in die Küche, in der es zu diesem Zeitpunkt nur zwei Stühle und einen Umzugskarton gab. Christian stand vor ihr, er hatte vor kurzem Geburtstag gehabt, 21 Jahre war er alt geworden, aber nach Feiern war ihm nicht zumute gewesen. »Hast du, ich meine, bist du noch, hast du ...« Er traute sich nicht, den Satz zu Ende zu sprechen, und Claire, die zu einem anderen Zeitpunkt dazu fähig gewesen wäre, ihm jedes denkbare Leid zuzufügen, sagte: »Nein, habe ich nicht.« Es war das erste Mal, dass sie Christian weinen sah, er stand auf, umschlang sie fest und flüsterte ihr zu, wie sehr er sich schäme. Dass sie in den letzten beiden Monaten fast jeden zweiten Nachmittag heulend auf dem Kantstein gegenüber dem Callcenter, in dem sie neuerdings arbeitete, gesessen hatte, verschwieg sie.

Claires Eltern zeigten sich erleichtert, als sie von Christians Rückkehr erfuhren. »Gut so«, sagte ihr

Vater, und ihre Mutter bekreuzigte sich sogar. »Du wirst sehen«, sagte sie, »dass du jede Hilfe brauchen wirst, wenn das Kind einmal da ist.« Das leuchtete Claire ein – schließlich warnte sie jeder, der einen Blick auf ihren immer runder werdenden Bauch warf, vor der kommenden Mühsal – doch dass die Retterrolle ausgerechnet mit Christian besetzt werden sollte, erstaunte sie.

Und so war er plötzlich wieder da. Er übernachtete fast jede Nacht bei ihr, brachte ihr Folsäure und Milchzucker aus der Apotheke mit und schleppte die Einkäufe in den zweiten Stock. Pausenlos fielen ihm Dinge ein, die sie in ihrer Wohnung gut gebrauchen konnten, und so brachte er ihr eines Tages einen alten Plattenspieler vom Flohmarkt mit, eine braune Reisetasche und eine Babykommode mit kleinen Gänsen drauf. Er kaufte eine Spieluhr und zog die Melodie nahe an Claires Bauch auf, da er gelesen hatte, dass das Baby die Melodie bereits hören könne und sich daran erinnern würde, wenn es auf der Welt war. Christian lieh sich eine Menge pädagogisches Material aus der Ortsbücherei aus, »Starkes Kind – starker Mensch« oder »Synapsenverbindungen bei Neugeborenen«.

Die kleine Wohnung, die bis vor kurzem noch kalt und leer war, schien auf einmal aus allen Nähten zu platzen. Turnschuhe standen nun im Flur, Christians Fahrrad war ebenfalls mit eingezogen, unzusammenhängende Möbel und gebrauchte Elektrogeräte warteten darauf, an ihren endgültigen Bestimmungsort gebracht zu werden. Die Mülltüten sammelten sich im Flur, Wollmäuse in den Zimmerecken, und das Badezimmer hatte hässliche Gebrauchsspuren bekommen.

Christian hatte einen Aushilfsjob in einem Fahrradladen angenommen, und Claire schien nun die Aufgabe zuzufallen, im gemeinsamen »Heim« für Ordnung und Wärme zu sorgen. Ein paar Wochen fand sie sogar Gefallen daran, über den Markt zu laufen und Feldblumensträuße zu kaufen. Doch Christians Freude daran, jeden Abend zur gleichen Uhrzeit und im gleichen Winkel mehrere Scheiben Knäckebrot auf einem Brettchen zu fixieren, sie mit Leberwurst oder Schmelzkäse zu beschmieren und danach einen Apfel zu essen, gingen ihr schnell auf die Nerven. Sie sah ihn an ihrem wackeligen Küchentisch sitzen, die breiten Schultern mit dem hohen Nacken, die von viel Krafttraining im Maschinenraum zeugten.

Mittlerweile hatte sie an Gewicht zugenommen, sie war Ende des vierten Monats, und sie hatte gerade jenes unglückliche Stadium der Schwangerschaft erreicht, in dem ihre zusätzlichen Kilos nicht sofort als Babybauch erkannt wurden, sondern eher als simpler Rettungsring durchgingen, sie sah jetzt auch wie der »herzinfarktgefährdete Apfeltyp« aus, vor dem die Apotheken-Umschau in ihren Diätextras immer warnte.

Gelegentlich kam Nicki bei Claire vorbei, klemmte sich mit einer Pobacke an der Waschmaschine fest und fuhr sich bei Claires Anblick mit den Fingern in einer sorgenvollen Geste durchs Gesicht. Sie fragte nicht: »Und so willst du also leben?«, zumindest sprach sie es nicht aus, das war bei dem Gesichtsausdruck auch gar nicht mehr nötig. Manchmal hatte sie ein Geschenk dabei, etwas, was absichtlich keinen Babybezug haben sollte, eine pinkfarbene Unterhose mit Polyesterrüschen oder einen ausgeblichenen Jeansminirock. »Da passe ich nicht mehr rein«, sagte Clarie und hielt sich den Rock an ihre Hüften. »Jetzt vielleicht nicht«, sagte Nicki, und Ungeduld schwang in ihrer Stimme mit. »Aber *irgendwann* wieder. Der Vorteil einer Teenagerschwangerschaft ist doch«, dozierte sie und hüpfte dabei von der Waschmaschine, »dass du deine alte Figur im null Komma nichts zurück hast. Während die ganzen schlechtgelaunten 30-Jährigen mit Wasser in den Beinen dahocken.«

***

Vor dem Fenster regte sich ein schwarzer Schatten. Carlo war auf das Fensterbrett gesprungen und drückte sich mit einem sachten Miauen an die Scheiben. »Carlo!«, flüsterte Claire, öffnete das Fenster und griff nach dem dichten Fellbüschel. In einem Schwangerschaftsberater hatte sie gelesen, dass sie Katzen mei-

den solle. Oder galt die Warnung nur für Katzenklos? Claire hatte es vergessen, so wie sie vieles in letzter Zeit vergaß. Letztlich war es ihr egal, Carlo hatte zu ihrem Babybauch ein zärtliches Verhältnis entwickelt und es zu einer großen Perfektion gebracht, sich an Claires konvexen Oberkörper zu schmiegen.
Sie atmete tief durch, fuhr mit der Hand durch das schnurrende Knäuel und überlegte. Dann setzte sie Carlo sanft auf den Boden, nahm im Stehen noch einen letzten Schluck Tee und ging auf Zehenspitzen zurück ins Schlafzimmer. Der Kater folgte ihr.
Claire kniete auf dem Boden nieder und legte eine Hand auf Christians Schulter. »Du musst aufwachen«, sagte sie, erst leise, dann noch einmal, bestimmter. »Christian, aufwachen.« Sie war mittlerweile hellwach, das Adrenalin schoss durch ihren Körper, die Wangen glühten. Verdammt, warum brauchte er denn so lange? Warum brauchte er *immer* so lange?
»Was ist denn los?« Seine Stimme klang müde und ein wenig unglücklich. Oder kam es ihr nur so vor? Egal, dachte Claire, darauf kann ich jetzt keine Rücksicht mehr nehmen.
»Du musst gehen!«, sagte sie, atemlos, hart. »Hörst du, Christian, du musst hier weg!«
»Was?« Noch immer klang er verschlafen. Claire seufzte. Scheinbar hatte er den Ernst der Lage nicht kapiert.
»Du musst hier weg.«

Begleitet von einem alkoholdurchzogenen Schnaufen, richtete er sich auf.

»Wohin denn?«

Wohin denn? Damit hatte Claire nicht gerechnet. Wo sollte Christian hin? Warum sollte sie ihm darauf eine Antwort geben? Und war nicht die viel angemessenere Frage: *Warum?*

»Keine Ahnung, wohin. Zu deinen Eltern, deinen Freunden, was weiß ich?«

»Wie spät ist es?« Mit einer matten Geste griff er nach ihrer Armbanduhr, die neben der Matratze lag. »Viertel nach fünf. Claire, leg dich wieder hin, lass mich weiterschlafen, und morgen erzählst du alles, okay?«

Hatte er immer noch nicht begriffen? Wie konnte das sein? Mit einem Ruck zog Claire die Decke von seinem Körper.

»Nein!«, rief sie. »Verdammt noch mal, nein! Es reicht! Du solltest gar nicht erst hier sein, okay! Alles hier ist falsch, alles! Und du siehst es noch nicht einmal!«

»Bist du verrückt?«, fragte Christian, richtete sich auf und fuhr sich mit dem Unterarm über die Stirn. »Sind das die Hormone?«

Claire stand auf, inzwischen zitterte sie vor Wut. Dann lief sie zum Schrank, griff eine abgenutzte Reisetasche heraus und warf seine Kleidung hinein: Socken, Unterwäsche, T-Shirts. Christian betrachtete sie von der Matratze aus, regungslos.

»Hier!«, sagte Claire und knallte ihm triumphierend die Tasche vor die Nase. »Jetzt kannst du gehen.«
Mit sehr langsamen, sehr müden Bewegungen erhob er sich, zog seine Boxershorts am Rücken hoch und kratzte sich an der Brust.
»Was ist denn los mit dir?«
»Christian!«, rief Claire »Begreifst du es denn nicht? Wir werden uns beide auf diese Weise verdammt unglücklich machen. Ein Kind zu kriegen bedeutet nicht automatisch, eine Familie zu sein, in einer Wohnung zu leben und sich einen Alltag aus Beton zu schaffen, nur weil man sonst keine Ideen von seinem Leben hat.«
Noch immer sah er sie mit einem verständnislosen Gesichtsausdruck an. Allerdings schien er jetzt hellwach.
»Ich will das alles nicht. Brettchen, Leberwurst, ein Fahrrad im Flur und Blumen vom Markt. Ich will das nicht und, da bin ich mir sicher, du willst das auch nicht.«
Christian ging langsam zum Schrank, griff eines der ungebügelten T-Shirts heraus und zog es über. Er fand es unwürdig, mit Claire eine solche Diskussion zu führen, während er halbnackt und sie im Gegenzug vollständig bekleidet war. Die Uhrzeit allein war ein Witz. Er überlegte kurz. Dass er bereit gewesen war, sein Leben für dieses Kind umzuräumen, auf andere Frauen zu verzichten, mit Anfang zwanzig ein Leben

zu führen, das andere mit Mitte dreißig noch nicht auf die Reihe bekamen. Er erinnerte sich an Mädchen, die er nach langen Küssen von sich gewiesen hatte, um zu Claire nach Hause zu gehen, an Überstunden in Dimitris Fahrradladen, diese endlosen schmutzigen Hände und den Ölgeruch am ganzen Körper. Vielleicht war das eine sehr kurzfristige Vorstellung von Glück gewesen. Eine Jeans lag noch auf dem Boden, verdreckt von der Arbeit und der Party danach. Er zog sie an, schlüpfte ohne Socken in seine Turnschuhe, ging langsam in den Flur, nahm Fahrrad und Schloss.
»Ruf mich an«, sagte er, als er die Tür öffnete und das Rad sacht ins Treppenhaus schob. Er drehte sich um, sah Claire und den schwarzen Kater, der um ihre Beine strich, schulterte das Fahrrad und trug es durchs Treppenhaus, vorsichtig darauf achtend, mit dem Rahmen nicht an das Geländer zu stoßen.

Sandra Hoffmann

Heute schon besser

Ich hätte lieber ein Zimmer für mich allein gehabt. Wenn ich schon hier sein musste, wenn es schon nicht anders ging.
Die Frau stöhnte immerzu leise, ich wusste nicht, ob sie schlief oder nur die Augen geschlossen hielt. Es war sechs Uhr morgens. Mein Blutdruck war normal, und mehr haben sie nicht gemessen. Bei ihr schon. Bei ihr hat alles viel länger gedauert. Fieber messen, Urinbeutel wechseln, die Wunde am Bauch säubern, Verband wechseln, Wundbeutel, oder wie das hieß, auch wechseln, die ganze Frau waschen. Ich konnte nicht raus aus dem Zimmer. Ich solle jetzt noch nicht vor die Tür, und überhaupt, was ich denn immerzu draußen wolle? Draußen sei es noch zu kalt, und außerdem solle ich frühstücken. Ich wollte aber nicht frühstücken, sie haben mir versprochen, dass ich nichts muss, dass sie mich zu nichts zwingen würden.
Ich beobachtete, wie die Flüssigkeit seit einem Tag in meine Venen tropfte, ich hatte Angst, dass Luft in meine Venen kommen könnte, ich würde die Flüssigkeit deshalb nie aus den Augen lassen, hatte ich am Tag zuvor gedacht, aber in der Nacht war ich doch eingeschlafen, und als ich wieder aufwachte, lebte ich

noch. Jemand hatte eine neue Flasche an den Ständer gehängt. Zucker oder Salz, ich wusste es nicht. Flüssigkeit eben, Mineralstoffe oder so, damit nichts passierte. Isotone Dehydratation haben sie auf das Blatt geschrieben, das unten am Bett hängt.

Eigentlich war ich zu alt, um zu weinen, wenn die Mutter wegging, aber ich hatte geweint am Tag zuvor, als meine Mutter mich zurückließ, allein im Krankenhaus, im stinkenden Zimmer mit der Frau, im Geruch von Desinfektionsmittel und altem Blumenwasser oder Urin. Ich war zum ersten Mal im Krankenhaus. Ich hatte Angst vor dem Stöhnen der Frau in der Nacht, vor den Krankenschwestern und dass sie nicht gut aufpassten auf die Flüssigkeit in den Flaschen, hatte Angst vor dem Geruch des Krankenhauses, ich dachte immerzu, hier stirbt man, und vor den Träumen in der Nacht, die immer wiederkehrten, hatte ich auch Angst. Ein Kran lud Schwarzwälder Kirschtorte ab, und ich musste essen und essen, bis ich schweißgebadet und zitternd erwachte. Mit einer Hand konnte ich meinen Oberarm umfassen, mit zwei Händen meine Oberschenkel an der dicksten Stelle. Wenn das funktionierte, dann war die Wirklichkeit wieder sicher. Dann war der Traum zu Ende, und das Zittern hörte auf. Ich hatte Angst, dass die Ärzte ihr Versprechen doch nicht hielten, dass sie mich doch drängten und nicht in Ruhe ließen. Ich hatte wahnsinnige Angst, dass etwas geschehen könnte mit mir, was ich nicht wollte.

Isst du Himbeeren aus dem Garten, wenn ich dir morgen welche mitbringe?, fragte meine Mutter, und ich nickte. Ich will nicht mehr an dieser Schule bleiben, hatte ich meiner Mutter gesagt, meinem Vater auch, das war zwei Jahre zuvor gewesen. Ich will auf ein Internat. Beide hatten nicht genickt, überhaupt nicht genickt, im Gegenteil, aber ich hatte nicht lockergelassen, bis sie endlich ja sagten, na gut. Jetzt gab es nichts zuzustimmen. Ich war achtzehn, und was ich mit meinem Körper machte, das war meine Sache. Nur sterben durfte ich nicht. Aber ich wollte auch nicht sterben. Warum machst du das dann, hatte der Psychologe gefragt, ich schaue nicht zu, wie du immer weniger wirst. Ich beobachtete meine Oberschenkel, meine Arme, meinen Bauch, den am allermeisten, ich bemerkte jede Bewegung darin, und am liebsten zog ich ihn ein. Ich wollte nicht so einen schwangeren Bauch haben. So hatte alles angefangen. Oder so ähnlich.

Um zwei Uhr würde meine Mutter kommen, dann begann die Besuchszeit. Eine halbe Ewigkeit war das noch. Die Frau im Bett nebenan würde immerzu stöhnen, und ich sollte nicht rausgehen. Nachher kommt die Visite, der Herr Doktor kommt auch zu Ihnen, hatte die Krankenschwester mit der Topffrisur gesagt und so geschaut, als käme der Papst. Ich brauchte keinen Doktor. Ich brauche den nicht, hatte ich gesagt, und sie hatte gelächelt. Wir hatten neulich schon mal so eine wie Sie. Sie hat vier Kilo zugenommen bei uns, sagte sie jetzt und schüttelte die Decke der Alten zurecht. Die Alte stöhnte. Vier Kilo, ich nahm meine Oberschenkel zwischen die Hände, fuhr über meine Hüftknochen, die man haarscharf nachzeichnen konnte, wie meine Rippen, wie meine Wirbelsäule. Ich bin nicht zum Zunehmen da, sagte ich, ich soll nur Flüssigkeit sammeln. Ich nahm die Haut am Unterarm zwischen den Zeigefinger und den Daumen und zog sie ein wenig nach oben, die Haut blieb kurz stehen, dann legte sie sich wieder. Ich wusste, dass die Schwester mich beobachtete, sehen Sie, sagte ich, schon viel besser als gestern. Die Schwester schüttelte den Kopf. Frau Braun, sagte sie, das muss man nicht verstehen, da haben Sie es gut. Die Alte stöhnte. Stirbt sie?, fragte ich. Pssst, sagte die Schwester. Aber sie hört doch gar nichts, sagte ich. Sicher, sagte die Schwester, gell, Frau Braun. Frau Braun stöhnte jetzt nicht. Ist sie jetzt tot?, fragte ich. Die Alte lag auf dem Rücken, ihr Gesicht war eingefallen, und wären nicht die langen Haare, graue dünne lange Haare, zu einem Dutt gebunden und mit einem Haarnetz überzogen gewesen, hätte man die Alte auch für einen Mann halten können. Die Krankenschwester nahm den dünnen Arm der Frau und sagte: So schnell stirbt man nicht, gell, Frau Braun. Jetzt machen wir auch die Zähne wieder rein. Die Krankenschwester ging zum Waschbecken, ließ das Wasser laufen, und als sie wieder zurückkam, klimperten die falschen Zähne von Frau Braun gegen das Wasserglas. Geschickt öffnete die Schwester mit einer Hand den Mund der Alten, die nun zum Glück wieder stöhnte, dann legte sie ihr zuerst die unteren Zähne in den Mund, dann die oberen. Später kommt doch ihr schöner Herr Sohnemann, sagte sie. Frau Braun stöhnte, als die Krankenschwester ihr das Gebiss gegen den Oberkiefer drückte. Ich nahm meinen Walkman vom Nachttisch.

Wenn ich mich recht erinnere, fing alles mit dem schlimmen Traum an. Als könnte ein Traum ein Leben bestimmen. Ja, kann er. Ich erzähle diesen Traum nicht, auch nicht, dass es so angefangen hat, sie hielten mich doch sonst alle für verrückt. Aber nach dem Traum hatte es angefangen. Ich sprang von der siebten Treppenstufe hinab in den Hausflur, wenn ich aus meinem Mansardenzimmer nach unten in die Wohnung meiner Eltern ging. Ich sprang auch in der Schule möglichst viele Treppenstufen hinab. Sie wussten ja alle, wie sportlich ich war, deshalb wunderte sich niemand. So fiele das Kind, wenn es denn in mir wüchse, schon wieder aus mir heraus. Sie wunderten sich nur, dass ich immer dünner wurde, das sagten sie einmal, und ich sagte, nein, das stimmt nicht. Meine Hosen hatten keinen Halt mehr am Bauch, das war gut so, kein Bauch, kein Kind. Ich wusste schon, dass das ein wenig seltsam klang, als wäre ich nicht richtig aufgeklärt oder nach unbefleckter Empfängnis, ich wusste, dass das alles auch nicht sein konnte, aber das änderte nichts mehr, es war eine Obsession. Ich durfte keinen runden Bauch haben. Im Traum war mein Bauch sehr rund gewesen. Immer wenn ich Flüssigkeit zu mir nahm, begann sich mein Bauch zu wölben, das beunruhigte mich. Meine Menstruation war auch ausgeblieben, seit Monaten.

Ich bin heut seltsam aufgelegt, ich bin so lustlos voll von Lust. So leer und trotzdem so erregt, schon fast bewusstlos, doch bewusst, sang Konstantin Wecker auf meinem Walkman. Ich hielt das kleine Ding in den Händen, ich besaß den kleinsten und dünnsten Walkman, den es im Moment gab, und er war dazu noch aus Metall. Man musste ihn ausfahren, wenn man eine Kassette hineinlegen wollte, er war sehr schön. Und er hatte einen schönen Klang. Wenn ich nur der Musik lauschte und die Augen geschlossen hielt, konnte ich zwar nicht mehr sehen, wo ich war, aber riechen konnte ich es noch immer. Man musste ja atmen. Die alte Frau stank, auch wenn sie jetzt gewaschen war. Ich machte die Augen wieder auf und sah die schnellen Bewegungen der Krankenschwester mit der Topffrisur, die Bettwäsche zusammenraffte und sich unter den Arm klemmte. Sie sollte mal den Friseur wechseln. So bekam sie nie einen Mann. Aber vielleicht hatte sie ja auch schon einen Mann. Wahrscheinlich aber nicht, wer so dämlich aussah wie sie, fand doch keinen. Für die Kranken war das wahrscheinlich gut genug, denen sollten Frisuren von Schwestern und Ärzten egal sein, aber das waren sie nicht, sicher nicht. Der Walkman lag auf meinem Bauch, und wenn ich atmete, rutschte er auch nicht herunter. Aus der Flasche tropfte langsam Flüssigkeit, Kochsalzlösung, diesmal wusste ich es, ich sei am Austrocknen gewesen, sagten sie. Sie haben eine Haut wie eine alte Frau, hatte der Arzt gesagt. Heute war es aber schon wieder besser. Auch wenn ich den Test nicht nur am Arm machte, sondern auch noch am Oberschenkel, blieb die kleine Hautfalte, die ich zwischen den Fingern hochzog und losließ, weniger lange stehen als gestern. Sehen Sie das?, hatte der Arzt gesagt, man kann bis drei zählen. Sie trocknen aus. Heute konnte man vielleicht gerade noch eins sagen, dann war die Haut wieder glatt. Auf der Waage machte die ganze Flüssigkeit bestimmt ziemlich viel aus. Aber hier gab es keine Waage, oder genauer, sie ließen mich an keine ran. Pinkeln musste ich auch nicht so viel. Obwohl die ganze Zeit diese Flüssigkeit in mich hineintropfte. *Auch wenn's im Innern manchmal brennt, ich hab noch nichts von mir gelebt.* Manchmal hörte ich einfach Musik, aber hörte gar nicht zu, seltsam war das eigentlich, dass man Wörter hörte, aber sie doch nicht wahrnahm. Wenigstens überdeckte die Musik das Stöhnen der Alten. Und immerhin war das meine Lieblingskassette. Jonas hatte sie für mich aufgenommen. Auf der Hülle standen alle Lieder und daneben war ein kleines rotes Sternchen

gemalt, für Ida von Jonas. Ich habe noch nie mit ihm geschlafen und mit sonst auch niemandem.
Im Internat hatte man in der Elften kein Zimmer für sich allein. Man war zu zweit, ein Bett, ein Schreibtisch, ein Schrank. Es war nicht so einfach, sich alles schön zu machen, wenn man ein Zimmer teilte. Es war überhaupt nicht einfach, nie allein zu sein. Für mich nicht. Nur in der Nacht, wenn alle schliefen, war es manchmal schön, so still. Nach ein paar Wochen fühlte ich mich unwohl und unglücklich, ich wusste gar nicht, warum, alle waren immer nett, alle wollten immer Spaß. Aber ich war einsam. Ich möchte wieder nach Hause, sagte ich zu meiner Mutter, ich möchte nicht mehr hin, sagte ich, als ich am Wochenende zu Hause war. Aber du wolltest es doch, du kannst dort Kunstabitur machen, so wie du es wolltest. Ich will kein Kunstabitur mehr machen, ich will ein Zimmer für mich allein.
Nun lag ich wieder mit jemandem im Zimmer, und wieder fühlte ich mich einsamer als zu Hause in meinem kleinen Dachzimmer, in dem es still und schön war. Wieder hatte ich das Gefühl, alle sind nett miteinander und zueinander und ich gehöre nicht dazu. Doch das war vollkommener Quatsch, die Alte war ja fast tot, nur die Krankenschwestern redeten noch mit ihr, aber wie sie mit ihr redeten, als gehöre sie schon nicht mehr recht dazu. Der Sohn hat sie nicht einmal berührt, gestern, als er da war. Er saß nur neben dem

Bett und schaute sie für einen Augenblick an, ganz kurz, dann schaute er wieder weg. Ich glaube, er hasst seine Mutter. Oder er liebt sie und kann es nicht leiden, dass er sie liebt, und deshalb hasst er sie. Oder sie liebt ihn zu sehr, und er will das nicht und fühlt sich schuldig, deshalb hasst er sich und sie auch, weil alles so kompliziert ist. Als das Kind im Traum zur Welt kommen wollte, hatte mich mein Vater in die Klinik gefahren. Ich stand vor der Garage und wartete, bis ich einsteigen konnte. Ich wusste nicht, von wem ich schwanger war. Ich hätte meinen Vater auch nicht berührt, wenn er da im Bett gelegen hätte. Das macht man nicht mit achtzehn, als Tochter, ich berühre doch nicht meinen Vater. Ich ließ mich auch nicht von ihm umarmen. Aber mit fünfzig. Der Sohn der Alten war bestimmt über fünfzig. Da konnte man die Mutter eigentlich schon wieder berühren. Zumal sie bald starb. Es ging ihr schlecht, sie konnte einem ja leid tun. Aber wenn sie so schlecht roch? Wenn ich den Kopf leicht nach rechts drehte, konnte ich schon im Augenwinkel den Körper der Alten sehen. Wenn ich den Kopf ganz zur Seite neigte, konnte ich auch ihr Gesicht sehen. Sie sah ein bisschen wächsern aus, die Haut war grau oder farblos, so stellte ich mir Leichen vor. Dabei hatte sie schöne Gesichtszüge, vielleicht war sie mal eine hübsche Frau gewesen, früher, oder als sie so ungefähr dreißig war. Sie hatte nicht einmal hängende Mundwinkel, die meisten Menschen hatten das doch, die

Alten sowieso, aber bei ihr sah ich das nicht. Sie sah nicht missmutig aus. Ich wusste nicht, was sie hatte, wahrscheinlich Krebs. Sie war am Bauch operiert worden, ich hatte es gesehen, als sie den Verband wechselten, und den Beutel am Bauch. Vom Krebs riecht man schlecht, das hat Jonas einmal gesagt. Hunde können Krebs sogar riechen, und Katzen mögen Menschen mit Krebs, hatte er gesagt. Quatsch, hatte ich gesagt. Jonas hatte behauptet, das stimmt. Ich glaube, Katzen haben Mitgefühl, wie Hunde, sie wollen gerne helfen, wenn es jemandem schlechtgeht. Frau Braun hatte auch einen Flaschenständer da stehen, die Infusion tropfte sehr langsam in sie hinein. Ich konnte nicht sehen, was auf der Flasche stand. Hoffentlich verwechselten sie die Flaschen nicht, nicht dass ich etwas Falsches ins Blut bekam.

Im Internat wäre ich wahrscheinlich fett geworden. Das Mittagessen vom Tag zuvor wurde am Abend immer aufgewärmt und am nächsten Morgen in der Vesperpause auch. Ich mochte angebratene Nudeln und Bratkartoffeln. Ich hatte immer Appetit. Es wäre nicht gut weitergegangen mit mir. An einem Wochenende zu Hause war ich zusammengebrochen, mein ganzer Körper hatte gezittert, ich hatte schlimme Krämpfe im Bauch. Alle sahen ein, dass ich so nicht ins Internat zurückkonnte. Ich war krank. Mehrere Tage. Aber ich hatte eigentlich nichts. Das kam manchmal vor, dass ich einfach zusammenklappte. Wir melden sie ab, hatte meine Mutter gesagt. Ich war nicht froh und nicht unglücklich, ich weiß nicht einmal, ob ich erleichtert war. Ich hätte mein Vergnügen haben können im Internat, mit den Jungs und so. Aber ich hatte ja Jonas. Und außerdem gefiel mir im Internat nur der Kunstlehrer. In meiner Schule davor hatte mir der Englischlehrer gefallen, den hatte ich nun auch wieder. Oder nun eben wieder nicht mehr, nun lag ich ja hier, und wenn ich hier raus war, sollte ich in eine richtige Klinik, eine für Psychosomatik. Man hat Magenschmerzen oder Kopfschmerzen, aber man hat nichts. Man denkt immer, die Welt ist schlimm und man selbst auch, und läuft mit Schuldgefühlen herum und weiß nicht, wieso. Oder man denkt, so wie ich, nur noch ans Essen, obwohl man das eigentlich nicht will, und zählt nur noch Kalorien, auch von Zitronenscheiben im Wasserglas, die eigentlich keine Kalorien haben, aber dann doch vielleicht eine, wenn man davon ausgeht, dass eine ganze Zitrone ungefähr dreißig Kalorien hat. Ich musste auch einzelne Kalorien notieren von Apfelschnitzen und so. In der Schule habe ich immer hinten in den Heften die Kalorien zusammengezählt. Seit ich hier lag, musste ich nichts mehr essen, Hauptsache, es kam genügend Flüssigkeit in meinen Körper. Dafür sorgten sie ja. Und wenn meine Mutter die Beeren aus dem Garten mitbrachte, dann konnte ich ja Beeren essen. Die machten nichts, Beeren hatten ganz wenig Kalorien, dafür sehr viele Ballaststoffe, so dass

auch wieder etwas hinten rauskam, und viel Flüssigkeit, das war gut.
Ich hatte auch noch eine andere Musikkassette dabei, das Forellenquintett, das hörte ich gern, man konnte zuhören oder nicht, es war immer angenehm. Frau Braun stöhnte wieder, oder ich hörte nun, wie sie stöhnte, als ich Konstantin Wecker ausschaltete, um die Kassette zu wechseln. Sie stöhnte sogar schlimm. Wenn sie jetzt starb? Aus der Flasche tropfte keine Flüssigkeit mehr in ihren Arm, wenigstens sah es nicht so aus. Wenn ich nicht die Schwester rief, wäre ich noch schuld, falls die Alte starb, oder? Sie konnte ja nicht klingeln, und es dauerte immer ewig, bis jemand kam. Etwas schlug gegen die Tür, klapperte, dann sprang die Tür auf. Die Schwester mit dem Marga-Schild über dem dicken Busen kam herein, auf dem Wägelchen standen Tabletts. Das Frühstück, jubelte sie, als wäre es so ein Glück, eines dieser Pappbrötchen austeilen zu können und eine Scheibe Wurst und Käse und so ein Marmeladenschälchen. Sie stellte mir das Tablett auf das Tischchen neben dem Bett. Ich frühstücke nie, sagte ich. Schwester Marga lächelte, ein bisschen Tee vielleicht? Ich trinke immer Kaffee. Das ist nicht gut für den Magen, antwortete Schwester Marga, in Ihrem Fall sowieso nicht. In meinem Fall? Ich hatte doch gar nichts am Magen, oder hatten die nun etwa was an meinem Magen gefunden? Was hab ich denn am Magen?, fragte ich. Schwester Marga lä-

chelte wieder dieses Schwesternlächeln. Ihr Magen ist immer leer, da ist Kaffee nicht gut, er reizt die Magenwand. Das macht mir nichts, sagte ich, obwohl ich wusste, dass es mir etwas machte, ich merkte es immer. Schwester Marga sagte: Ich habe Ihnen mal ein wenig Kamillentee gebracht. O nein, ich hasse Kamillentee, ich bin doch nicht krank, außerdem wird man davon einfach nicht wach. Das kann ich nicht. Ich lass ihn mal da, sagte Schwester Marga. Und was bekommt Frau Braun? Sie sehen doch, dass Frau Braun nicht essen kann, sie ist doch gar nicht wach. Immerhin sagten die Schwestern hier »Sie« zu mir, das war ja schon mal in Ordnung. Schade, sagte ich, sonst hätte ich den Kaffee von Frau Braun trinken können. Schwester Marga sagte: Nun trinken Sie mal den Tee, das wird Ihnen guttun. Das Brötchen wäre auch gut für Sie. Ich muss nichts essen, das hat man mir versprochen, sagte ich. Schwester Marga sagte nichts und wandte sich der Tür zu. Hören Sie nicht, wie Frau Braun stöhnt, sagte ich, und die Flasche ist auch gleich leer, sie bekommt doch Luft in die Venen, dann stirbt sie. Sie bekommt schon keine Luft in die Venen, das hält automatisch an, sagte Schwester Marga. Sie hat halt Schmerzen. Warum machen Sie dann nichts?, fragte ich, aber Schwester Marga war schon wieder aus der Tür mit ihrem Wagen.

Das Pappbrötchen roch gar nicht schlecht. Der Geruch schaffte es trotz des Gestanks von Frau Braun bis in meine Nase. So ein Brötchen hat hundertfünfzig Kalorien. Wenn man es aushöhlte, innen alles Weiße herausnahm, hatte es vielleicht noch hundert. Oder achtzig. Die Kruste des Brötchens sah ein bisschen aus wie der Panzer einer Schildkröte. Wir hatten immer Schildkröten gehabt. Schildkröten sind eigentlich dämliche Tiere, sie hören nicht einmal auf ihren Namen. Du rufst Caroline, und dann passiert nichts, nicht einmal der Kopf kommt aus dem Panzer. Aber hübsch waren sie, schöne Tiere. Caroline war von einem Traktor überfahren worden. In der Wiese. Leider war der Erdboden so trocken, dass Caroline nicht in die Erde gedrückt wurde, als der Traktor über sie fuhr. Dann hätte sie nämlich überlebt. Sie wurde einfach auf dem unnachgiebigen Erdboden plattgewalzt. Das war ein schlimmer Anblick gewesen, den Kopf hatte es dabei aus dem Panzer gedrückt. Und mit dem Panzer war nichts mehr anzufangen gewesen. Mein Bruder hätte ihn sonst getrocknet. Die Kruste des Brötchens war schön braun. Es roch nach Morgen, ganz frühem Morgen. Ich leckte mit der Zunge über die Kruste, es schmeckte nicht salzig, auch nicht mehlig. Ich leckte noch einmal, so dass nur eine Stelle des Brötchens nass wurde. Ich schabte die Kruste mit den Zähnen ab. Fünf Kalorien, wahrscheinlich. Das Messer schnitt nicht gut, es riss das Brötchen eher entzwei. Ich befreite den Boden des Brötchens vom weichen Weiß und dann den Deckel. Ich formte einen Ballen aus der Brötchenmasse und rollte ihn zwischen den Handflächen, bis eine feste runde Kugel aus ihm wurde, grau, im Krankenhaus wurde man schmutzig. Wahrscheinlich wurde man auch von schlimmsten Bakterien befallen und von Viren und Pilzen. Die Alte stöhnte. Ich riss den Deckel des Brötchens an den Kanten der einzelnen Fünfecke auseinander und legte die sechs Stückchen vom Brötchendeckel nebeneinander auf den Teller. Wenn ich mit dem größten Stückchen anfangen würde, dem aus der Mitte, könnte ich mir überlegen, ob ich die anderen fünf auch noch aß. Das Mittelstück sah am schönsten aus. Weißbrot schmeckte, wenn man es lange lutschte, nicht so süß wie Schwarzbrot, es zerfiel eher oder zerging, ein wenig ähnlich wie Hostien, und dann war es einfach weg. Aber die Weißbrotkugel würde in der Toilette wahrscheinlich nicht so einfach hinuntergespült werden. Früher, als Kind, hatte ich immer die Nüsse aus der Schokolade herausgelutscht. Damit keiner es bemerkte, hatte ich sie im Bettkasten unter dem Bett gesammelt. Das Forellenquintett hatte ich zum ersten Mal in der sechsten Klasse gehört, dann wieder in der achten, neulich hatte ich die Kassette im Schaufenster eines Musikgeschäfts liegen sehen und gekauft. Den Boden vom Brötchen esse ich in zwei Stunden oder in drei. Von hundert Kalorien passiert nichts. Auch wenn ich noch Himbeeren esse.

Dass ich wirklich keine Geigenstunde mehr brauchte, hatte ich meiner Mutter gesagt, als ich aus dem Internat raus war. Ich muss, glaube ich, nicht mehr zu Köhler. Aber du mochtest ihn doch immer so, hatte sie geantwortet. Ich habe sie nicht mehr gehört. Wenigstens habe ich so getan. Er hat meine Hand in seinen Schoß gelegt und festgehalten. Er hat meine Hand auf seinen Steifen gelegt, dafür hat er die dreißig Euro von euch genommen, damit ich ihn anfasse, er hat mir beim Küssen die Hose geöffnet und mich gegriffen, als sei ich der Hals einer Geige, von unten, fest und hart. Das habe ich nicht gesagt. Dann hätte ich ja auch erzählen müssen, dass ich mich von ihm habe küssen lassen. Selber schuld, hätten sie dann natürlich gesagt. Ich musste aufstehen, wenn ich daran dachte, ich musste herumlaufen. Frau Braun stöhnte. Köhler ist älter als mein Vater, auch wenn er jünger aussieht, weil er so lang und schlank ist, wie ein zu schnell gewachsener Junge. Aber ich wollte ihn wirklich nur küssen. Nicht einmal Jonas hat mich so berühren dürfen. Vom Fenster neben dem Nachttisch von Frau Braun aus sah man auf die Treppen, die zum Krankenhaus hinaufführten. Ein Mann mit Stock und einer alten Frau am Arm ging langsam die Treppe hoch. Hier gab es wohl wirklich nur Alte. Ich hätte mich ja nicht küssen lassen müssen, doch es gefiel mir auch. Es war ja auch ein wenig aufregend in den Geigenstunden. Aber natürlich wird man davon nicht schwanger. Auch nicht nachträglich. Das ist nun schon Monate her. Dreimal hat Köhler noch bei uns angerufen. Wie erreiche ich

Ida denn, hatte er gefragt. Meine Mutter hat die Internatsnummer rausgerückt. Ich bin nicht da, habe ich zu Annika gesagt, als er anrief. Sie ist nicht da, hat Annika gesagt, tschüss. Was das für einer sei, wollte sie wissen. Mein Geigenlehrer. Was will'n der von dir? Weiß auch nicht, ich bin froh, dass ich nicht mehr hin muss. Neulich hat er es wieder versucht. Da war ich schon aus dem Internat zurück. Ida, bitte, hat er am Telefon gesagt, ich muss dich sehen. Ich habe einfach aufgehängt. Dann sah ich ihn mal um halb eins vor der Schule stehen. Ich bin hinten raus. Einfach die andere Richtung zum Bus. Die beiden Alten unten auf der Treppe waren dünn angezogen, es konnte also nicht zu kalt sein draußen. Nach der Visite würde ich hinausgehen in den Park. Dann nähme ich den Infusionsständer halt wieder mit, er fährt ja. Köhler, er hat das nicht richtig kapiert. Aber klar, ich hätte mich ja auch nicht von ihm küssen lassen dürfen. Das ist wie eine Einladung, würde mein Vater sagen. Jonas konnte ich es auch nicht erzählen. Ich bring den um, würde er sagen und bei ihm Sturm klingeln. Außerdem wäre er bestimmt eifersüchtig, obwohl das Quatsch ist, ich wollte ja nicht, dass Köhler das machte. Mimi würde sich schlapp lachen: der alte Köhler, den wolltest du küssen? Der sieht nicht alt aus. Ja, aber! Sie würde sich immer wieder die Haare raufen, wie sie es eben machte, oh Ida, oh Ida, würde sie sagen, und: Na ja, ist ja nichts passiert. Klar ist nichts passiert.

Wie geht es Ihnen?, fragte der Arzt, den alle »Herr Doktor« nannten. Gut, sagte ich. Ich knetete die Haut an meinem Unterarm zwischen den Fingern. Sie sehen auch schon viel besser aus als gestern, sagte er. Wenn Sie nun auch noch ein wenig essen. Ich spürte, wie mir die Tränen in die Augen schossen, wie mein Bauch mich plötzlich drückte. Herr Minetti hat mir versprochen, dass mich hier keiner zum Essen zwingen würde, deshalb hat er mich doch extra zu Ihnen geschickt, sagte ich, und kämpfte mit den Tränen. Aha, sagte der Arzt. Aber ein bisschen sollten Sie schon essen. Nicht, dass Sie noch mehr abnehmen. Herr Minetti hatte gesagt, so kann ich nicht mit Ihnen arbeiten, Sie wiegen ja nicht einmal vierzig Kilogramm. Ich hatte auf seine Couch geschaut und mir überlegt, was ich sagen könnte, wenn ich da läge. Wie denn alles angefangen habe, wollte er wissen, und ich erzählte ihm vom Internat, aber von diesem Traum erzählte ich nicht. Sie müssen stationär behandelt werden, hatte Herr Minetti gesagt. Er war groß und schwer und trug eine dicke Hornbrille. Hinter seiner Couch stand ein hoher Lehnstuhl, er war mit dunkelgrünem Samt bezogen. Herr Minetti hat gesagt, dass es nur darum geht, dass ich nicht austrockne, sagte ich. Ja, sagte der Arzt, dafür sorgen wir. Aber Sie sollten schon auch ein wenig essen, so können wir Sie unmöglich entlassen, Sie wiegen ja nicht einmal vierzig Kilogramm. Gestern nicht, antwortete ich, aber heute, wir können mich ja wiegen. Der Arzt macht ein strenges Gesicht. Ich habe schon ein Brötchen gegessen, sagte ich. Ich sagte nicht, dass ich die weiße Mehlkugel im Blumentopf vom Rosenbüschchen, das auf Frau Brauns Nachttisch stand, vergraben hatte, das ging die nichts an. Ich hab auch Marmelade gegessen, sagte ich. Ich sagte nicht, dass ich die Marmelade nur mit dem kleinen Finger probiert hatte, nur genippt. Den Rest hatte ich im Waschbecken in den Ausguss gespült. Schwester Lotte, sagte der »Herr Doktor«, nehmen Sie die junge Dame doch nach der Visite mit zum Wiegen. Die Schwester mit der dämlichen Topffrisur nickte, sie nickte sogar dreimal, gerne, Herr Doktor, sagte sie. Als sie vor Frau Brauns Bett stehen blieben, runzelte der Arzt einen Moment lang die Stirn, dann sagte er lauter als nötig und sehr fröhlich: Und wie geht es unserer lieben Frau Braun? Ich werde Herrn Minetti anrufen, später, und ihm sagen, dass die wollen, dass ich esse, und dass er bitte befehlen soll, dass sie mich nicht zwingen dürfen, zu nichts. Das war er mir schuldig. Er hatte es mir versprochen. Ich zwinge Sie zu nichts, hatte er gesagt, und dass er nicht erlauben wird, dass ich zu etwas gezwungen werde. Ihn hätte ich umarmt. Frau Braun stöhnte nicht einmal mehr. Die Flasche war noch immer nicht ausgewechselt worden. Frau Braun hat Schmerzen, wir haben das Schmerzmittel erhöht, sagte Schwester Marga, wie besprochen, aber ich befürchte, es reicht noch immer nicht. Die Alte stöhnte nun einfach nicht mehr. Wenn sie stöhnen würde, dann würden sie ihr mehr vom Schmerzmittel geben, dann wäre Ruhe. Der Arzt zog wieder die Stirn in Falten. Neununddreißigkommasieben. Mehr als gestern, sagte Schwester Marga. Ich sagte nichts. Es konnte nicht sein, dass ich von diesem Brötchen zugenommen hatte, aber wahrscheinlich war das eben doch Flüssigkeit. Es war sicher nur Flüssigkeit, ich wurde ja die ganze Zeit mit Flüssigkeit vollgepumpt. Was sollte es sonst sein. Sie konnten mich ja nicht heimlich nachts gemästet haben. Das hätte ich gemerkt. Sonst bleib ich jetzt wach. Sie konnten ja auch nicht irgendeinen Dickmacher in die Flüssigkeit reingeleert haben, so etwas gab es ja gar nicht. Ist doch wunderbar, sagte Schwester Marga und knuffte mir fast freundschaftlich den Arm. Ja, sagte ich. Woher kommt das?, fragte ich. Schwester Marga zuckte mit den Schultern. Es tut Ihnen gut, sagte sie freundlich. Kann ich nun raus in den Park? Was wollen Sie denn da? Allein sein, sagte ich. Schwester Marga stutzte, sie zog ihre dicken, dichten Augenbrauen leicht nach oben, beide gleichzeitig, wie ich es bisher noch nie bei jemandem gesehen habe. Aber Sie stellen doch nichts an?, sagte sie. Was soll ich schon anstellen? Mir das Wasser ablassen?, fragte ich. Sie schüttelte den Kopf, ein leichtes Grinsen huschte über ihr Gesicht. Mädchen, sagte sie, Sie wollen doch leben, oder? Ich spürte, wie mir die Tränen wieder in die Augen schossen. Ich wandte mich meinen Schuhen zu, es waren die weißen neuen Kickers, die schönsten

Schuhe, die man haben konnte. Wenn ich die große Zehe anhob, konnte man das durchs Leder hindurch fast sehen, man sah die Druckstelle, so fein war das Leder. Es war ein Sondermodell. Ja, sagte ich mit möglichst fester Stimme, aber es klang ein wenig holprig, ja, will ich. Melden Sie sich bitte jede halbe Stunde beim Schwesternzimmer, sagte Schwester Marga. Man ging in diesen Schuhen ganz lautlos und ganz sanft.

Ich hatte so ungefähr fünfzig Kilogramm gewogen. Das war bei einer Größe von etwas mehr als einsfünfundsechzig nicht besonders viel, aber auch nicht besonders wenig. Ich habe keine wirkliche Ahnung, wie das geschah, dass ich nun mehr als zehn Kilogramm weniger wog. Ich konnte es nur nicht leiden, wenn sich der Bauch wölbte.

Vor der Tür roch es nach Rauch. Drei Männer in Bademänteln standen im Eingangsbereich, und wenn sie den Rauch ausstießen, stand er gegen das Licht der Morgensonne. Über meiner Jeans und dem T-Shirt trug ich die Umhängetasche und darin den Walkman und Kassetten, mein Tagebuch und die Stifte und den »Demian«, den ich schon zum dritten Mal las. Ich hob den Infusionsständer an, weil er zu sehr über die Pflastersteine vor dem Eingang klapperte. Was wäre, wenn die Flasche zerbräche, dann käme Luft in meinen Arm und so weiter. Ich trug das Ding auf dem geteerten Weg an den Männern vorbei, die nichts sagten, mich nur anblickten, als schaute ich schlimm aus. Ich hörte, wie sie Rauch ausstießen, ungleichzeitig, aber hastig, als sei ihnen kalt oder so, als wollten sie nicht erwischt werden beim Qualmen. Auf dem Teer klapperte der Ständer auf Rädern nicht mehr als ein Einkaufswagen auf dem Supermarktparkplatz. Ich schob ihn weiter, an Menschen vorbei, die mir entgegenkamen, weil sie vielleicht zu Sprechstunden wollten, oder ich wusste es nicht, ich wollte irgendwohin, wo niemand war. Bei der Bank ganz hinten im Park hielt ich an, sie lag im Halbschatten, wenn die Sonne noch ein wenig höher stünde, könnte ich in ihrem Licht sitzen. Am Kopfteil der Bank war das Holz schon so angewärmt, dass ich es angenehm durch das T-Shirt hindurch spürte, als ich mich zurücklehnte. Als ich mich auf den Bauch legte, drückte das Holz mir unangenehm auf die Rippen, so dass ich mich schnell wieder setzte. Eine Elster jagte eine andere, ein lautes schlagendes Gackern war zu vernehmen, sie stritten, ich sah sie nicht, dann sah ich die eine plötzlich doch, sie saß im Kirschbaum, der nur noch wenige vertrocknete Früchte trug, und machte aufgeregte Bewegungen. Sauerkirschen, eigentlich aßen die doch die Amseln. Ich wusste nicht, ob Elstern Kirschen mochten. Sauerkirschen hatten wenig Kalorien, sehr wenig. Die Elster saß nun zum Glück still auf dem Ast. So eine Bank hätte ich im Internat haben sollen, eine, auf der niemand saß, die auch niemand kannte, irgendwo ganz verborgen im Schulpark, aber alle kannten alles, die Verstecke fürs Alleinsein waren so bekannt wie die Bars und Kneipen in der Stadt. Auf den Bänken war man aber ein Liebespaar, allein saß man nicht darauf, sonst war man ein Verklemmter oder ein Streber oder ein Pickelgesicht. Man saß besser nicht allein auf einer Bank. Aber hier schon, zum ersten Mal seit Tagen redete niemand auf mich ein, stöhnte niemand im Bett nebenan, fürchtete niemand um mein Leben, zum ersten Mal war ich allein mit mir und konnte alles denken, niemand schaute mich an, niemand wollte mich sprechen oder untersuchen oder sonst irgendetwas. Ich blätterte mein Tagebuch auf, in das ich jeden Tag schrieb, immer mit dem Füller, so dass es schön aussah, gleichmäßig und nur durch das Datum unterbrochen, und heute war der 29. Juni, und ich wollte hier sitzen bleiben, bis um zwei Uhr, bis meine Mutter käme, endlich allein, und in mein Buch schreiben oder auch an Jonas, dass ich nicht sterben möchte, und wenn ich gesund sei, könnten wir wieder Chinesisch essen, mit Stäbchen und so, aber vielleicht würde das noch eine Weile dauern.

Maike Wetzel

Eins

Es ist dunkel und laut. Die Bässe beben in uns, sie pochen in der Kehle, unsere Sehnen am Hals treten hervor. Mein Blick wandert zum Schlüsselbein meines Bruders. Er ist zerbrechlich dort, kantig. Der Knochen liegt dicht unter der Haut. Mein Bruder zuckt nicht wie die anderen hier, er ist bei mir, wir sind bei uns. Wir tanzen nicht. Wir stehen ruhig im Sturm und falten uns auf, seine Hand in meiner. Nichts kann uns zerreißen. Die anderen, diese hautfarbene Masse aus Armen und Beinen, sie schlängeln sich am Boden, sie schauen nicht auf, sie reiben und häuten sich, sie streifen sich ab. Wir blicken voll Milde darauf.

Wir sind da. Wir sind immer schon da. Mein Bruder und ich, wir kommen aus dem Bauch des Wals. Wir sind aus seinem Maul heraus an den Strand spaziert, Hand in Hand. Wenn ich meinen Bruder sehe, sehe ich mich. Ich sehe seine vollen Lippen, die meine sind, seine weichen, schmalen Hände, die meinen so sehr gleichen, seine knochigen Schultern, die fast im selben Verhältnis zu seinen Hüften stehen wie meine. Ich sehe das Dreieck seines Gesichts, das meines ist, dieses Dreieck, das gleichzeitig gehetzt und erstarrt erscheint. Wir sind kluge Tiere. Unsere Augen sind groß, ich könnte sagen *sehnend*, wenn ich nicht wüsste, dass wir schon alles haben. Unsere Stirnen sind hoch und glatt bis auf die mit dunklem Haar bedeckten Partien, es sind dieselben Haare auf seinem, auf meinem Kopf, nur sprießen seine auch am Kinn so stark, dass er sich zweimal am Tag rasieren muss. Mein Kinn ist glatt, er küsst mich darauf. *O Gott, ich sterbe. O Gott. Du bringst mich um.* Meinen Bruder das sagen zu hören, wäre die höchste Auszeichnung für mich. Immer und immer wieder möchte ich das von ihm hören. Doch wir machen nicht Ernst, wir streichen uns über das Gesicht, wir ohrfeigen uns zärtlich, übermütig, beides mit derselben Bewegung. Wie lange noch? Ich bemerke es ihm gegenüber, und er lächelt versonnen. Am Fenster summen die Fliegen. Sie suchen das Freie. An der Scheibe stoßen sie sich ihre Flügel an.

Unsere Freunde nennen uns die *Siamesischen*, weil wir uns nie aus den Händen lassen. Unsere Körper stülpen sich umeinander, wir umschlingen uns, wir blicken uns an, wir sind nicht zu zweit, wir sind ein Leib, wir sind nie allein. Selbst wenn wir uns nicht küssen, atmen wir im selben Rhythmus. Wir spüren unseren Hunger, unsere Müdigkeit, unsere Gedanken, unsere Schauer voraus. Wir brauchen uns nichts zu verraten, wir wissen es schon. Wir kennen uns so inwendig, dass Pointen nicht funktionieren. Wir lächeln uns an, wir lachen kaum. Wir essen von einem Teller. Seit dem Tag unserer Geburt sind wir alles, und alles ist in uns. Verschlossen. Lasst uns den Schlüssel am Mund umdrehen, und dann schmeißen wir ihn ganz weit weg … Wir hören unsere Lehrerin noch heute, doch warten wir umsonst auf das Klirren des Schlüssels am Boden. Das Geräusch erreicht uns nie. Wir wohnen viele Stockwerke weit über der Erde.

Manchmal sprechen wir davon, wie es wäre, wenn wir uns ganz verbinden würden, wenn aus uns ein drittes Geschwisterkind käme. Wir würden zusammenliegen und staunen über das neue Vertraute vor uns, das zappelnde Kind. Wer weiß, ob es schlimm wäre, wenn das Kind nur wenig wüsste, wenn es nichts behalten könnte und etwas stumpfsinnig wäre. Das Kind sähe aus wie wir, es hätte unseren schlanken, langen Körper, die dramatischen Schatten um die Augen, das dunkle Leuchten des Haars. Es wäre wunderschön. Die Leute müssten es nur bewundern, nicht mit ihm sprechen. Wir würden das Kind an ihnen vorbeischieben, und später kurbelten wir die Autofenster hoch, damit sie sein Lallen nicht hören. Das Kind wäre unser kleiner Gefangener. Doch wir sind nicht verrückt. Wir wollen niemanden zeugen, um den wir uns kümmern müssen.

In der Neuen Welt sterben die Bienen, erzählt mir mein Bruder zur guten Nacht. Sie finden nicht mehr zu ihrem Stamm zurück. Sie verenden allein und in der Fremde. Der Honig wird knapp, die Blumen verblühen unbestäubt, die Obstbäume, die Kartoffelpflanzen, alle behalten ihren Samen für sich. Das Land verdorrt. *Macht dir das Angst? Ja,* lüge ich erwartungsgemäß. *Möchtest du raus?* Fragt er mich. *Nein – wozu?* Wir haben alles, was wir brauchen, und noch viel mehr. Unsere Eltern überweisen uns die Mittel dafür. Sie versuchen, uns in die Pflicht zu nehmen. Doch ihre Argumente sind beschränkt. Sie liegen im Magnetstreifen unserer Platinkarten verschlüsselt. Wir sagen, *tschüss, wir gehen jetzt.* Wir biegen um die Zimmerecke. Sie rufen uns nach, *es soll gewittern, passt auf.* Als ob wir hinaus in die Wildnis zögen. Dabei gehen wir in den Salon. Das Geld und die Wertpapiere liegen unter der Samtdecke für das Silberbesteck. Die Schublade klemmt. Sie öffnet sich unter Protest.

Das Abendessen nehmen wir im dunkelgrünen Speisezimmer zu uns. Wir picken von unseren Tellern, wir haben keinen Appetit. Eine Stunde haben wir auf dem Trimmrad verbracht, wir hatten die Höhensonne eingeschaltet, die Schutzbrillen aufgesetzt. Wir trugen dieselben weißen Shorts, die Achselshirts aus diesem neuerfundenen Stoff, der uns auch darunter bräunen lässt. Wir wollen nicht braun werden, nur eine Winzigkeit Melanin wollen wir hervorkitzeln. Gerade so viel, dass wir noch transparent, aber halbwegs gesund erscheinen. Wir überprüfen unseren Zustand gegenseitig, wir hören rechtzeitig auf. Nachdem die Köchin die kaum berührten Teller abgeräumt hat, blättern wir in unseren Zeitschriften. Wir suchen nach etwas Neuem, nach etwas, das zündet und erfrischt. Wir finden rasierte Ponys. Pferde, die ihre Besitzerinnen mit Spiralmuster im Fell verzierten. Die Reiterinnen tragen selbst die gleiche Frisur. Ein paar Seiten weiter wächst ein Tintenfischarm in einen Turnschuh hinein, die Noppen an der Sohle ähneln denen des Kraken. Wir gähnen, wir nehmen uns in den Arm. Mit den Lichtreflexen auf unseren Uhrengläsern blenden wir uns gegenseitig. Wir reden über Sonne, Mond und Sterne, wir vergleichen sie mit uns. Mit zusammengekniffenen Lidern fallen wir uns ins Wort, wir hören nicht zu. Am Anfang unserer Sätze kennen wir bereits ihr Ende.

Doch dann stehen wir da, im Dunkeln des Sturms, die anderen wälzen sich vor uns, im Rausch der Bässe, wir blicken voll Milde darauf. Ich glaube das, ich fühle mich herrlich. Bis ich den Blick meines Bruders sehe. Diesen verräterischen Blick, wie er weggleitet von mir. Seine Augen auf das fremde Mädchen heftet. Ich zerbeiße den Strohhalm in meinem Mund. Später stammele ich. Von Liebe, die uns hält. Wie sie uns wiegt, uns fesselt, vertreibt. Aus der Garstigkeit der Welt. Allein zerfielen wir zu Staub. *Willst du mir drohen?*

Fragt mein Bruder mich plötzlich. Das Wasser läuft über seine Schultern. Es perlt seinen Rücken entlang. Ich fange es mit der Zunge auf. Sein Geruch, der meiner ist, er füllt mich bis zum Rand. Ich kann nicht fassen, dass mein Bruder mich für seine Feindin hält. Wir sind alles. Wir können uns nicht verlassen. Ich drohe nicht, ich spreche von Tatsachen, von ihm unter meiner Haut. Vom Pulsschlag, vom Atem, den wir teilen. Begreift er das nicht? Von einem Moment auf den anderen zittere ich. Erschrocken stehe ich vor dem nackten Fremden. Der aus dem Wasserstrahl steigt, sich mit dem Handtuch bedeckt und fortgeht von mir. Ich betrachte die Rasierklingen am Waschbecken, die blauen Striche an meinen Handgelenken. Ich wünschte, ich flösse aus.

Doch ein Blick, das Öffnen der Tür, genügt. Wir strömen wieder ineinander, wir halten, flüstern, verkleben uns. Tränen, Schweiß, das andere. Süßer noch als zuvor. Wir werfen uns in den Ring. Fraglos, rauschhaft, unbedingt. *Was willst du?* Flüstert mein Bruder. Ein altes Spiel. Wir drängen uns aneinander. *Dich allein. Dich.* Heiser fließen die Worte aus mir. Zurück bleibt die letzte Silbe. *Ich.* Und ein Haufen Mensch, verknotet mit unseren Armen und Beinen, den Zungen daran. Am nächsten Morgen streicheln wir uns den bösen Traum aus den Knochen. Wir füttern uns mit Brombeermarmelade, wir schmieren uns gegenseitig das Brot. Unser Lachen klingt hell. Unsere Eltern schauen von einem zum anderen. Sie fragen nach unseren Plänen. Wir entgegnen: Die Sonne zu spüren im Rücken, die Füße im Wasser, das leise Plätschern und unsere Schläfrigkeit. Das gefällt ihnen nicht. Sie wollen, dass wir uns plagen. Sie sagen, nur dann könnten wir fühlen. Wir wiederholen, wir fühlten bereits. Die Stimme meines Bruders ist barsch. Unter dem Tisch spüre ich die Härte seines Oberschenkels. Sein Blick wandert zur Tür. Ich stopfe mir Toastbrot zwischen die Lippen, damit niemand das Zittern bemerkt.

Wir liegen still beieinander. Der Kopf meines Bruders ruht auf meinem Bauch. Draußen klappern die Seile an den Fahnenstangen, der Wind peitscht den Regen ans Glas. Ich sage, *weißt du noch, damals, am Meer, als die Schiffe sich losrissen, verschwanden, hinter den Wellen* … und mein Bruder unterbricht mich mit einem Laut. Ein verächtliches Stöhnen. Nur kurz dringt es aus ihm. Doch ich höre, wie sehr er mich hasst. Er will weg. Mit einem Ruck steht er auf. Meine Kehle schnürt sich zusammen. Tränen quellen in meine Augen, sie verschleiern meinen Blick. Mein Gesicht verzerrt sich, jemand in mir wimmert und schreit. Mein Bruder fährt mich an. Ich soll mich beruhigen. Das Wimmern wird lauter. Ich ringe um Atem. Er sagt, er könne mir nicht helfen. Wir seien Gift füreinander. Er spüre den Griff um seine Kehle, er brauche Luft. Er nimmt die Jacke vom Haken. Meine Augen werden weit, mein Gesicht sehr spitz. Die Buchstütze ist aus Marmor. Sie stellt eine Eule dar. Ich nehme den Vogel in die Hand, schaue auf seine Klauen. Dann werfe ich ihn in seine Richtung. Schon vor dem Aufprall weiß ich: Mein Bruder wird bleiben. Er wird niedersinken, matt. Wir können uns nicht verlassen. Wir sind eins.

Heike Geißler
Elternabend

Langsam setzte er einen Fuß vor den anderen und wollte alles genau nehmen. Es war jetzt wichtig, auch auf Kleinigkeiten zu achten, weil er seit der Sitzung im Werk eine Weite im Kopf bemerkte, die ihn irritierte. Die Zukunft des Werkes war als wenig rosig beschrieben worden. Und auch seine Position als Personalabteilungsleiter war genannt worden unter jenen, die in fünf Jahren, in der sogenannten Umstrukturierungsphase vier, der vorletzten Phase, spätestens überflüssig sein würde. Nichts, hatte man gesagt, würde so heiß gegessen, wie es gekocht würde. Doch, hatte er gedacht, doch, war dann aber aufgestanden, um pünktlich zum Elternabend zu kommen.
Ein großes Gefüge also, das er nicht täglich bedachte, das angenommene Gefüge der nächsten Jahre, von dem er einfach ausging, die Selbstverständlichkeiten seines Lebens waren nun in den Blickpunkt gerückt und zu überdenken. In fünf Jahren würde sein Sohn zwölf und das Haus für weitere fünfzehn Jahre nicht abbezahlt sein.
Er musste sich, weil er die großen Dinge nicht denken konnte, nun an die kleinen halten, wollte alles nun ordentlich beieinander haben. Er fuhr sich durch das

Haar, sah an sich hinunter und überprüfte den Sitz seiner Kleidung. Er überlegte, ob das Schulgebäude einen leicht helleren Anstrich als im Frühjahr hatte.
Fünf Jahre, dachte er, sind noch eine lange Zeit. Er lief an einigen Klassenzimmern vorbei, an den Wandtafeln mit Zeichnungen der Erstklässler. Er fand am Ende des Gangs eine Tür offen stehen, sah den Schatten einer Frau in den nach Schulschluss im Halbdunkel liegenden Gang geworfen. Je näher er dem Zimmer kam, desto mürrischer wurde er. Er überschlug, wie viel Zeit er am Ende des Tages in Sitzungen verbracht haben würde, und entschied, weil ihm drei Stunden nun doch nicht so viel schienen, diese Herumsitzerei und das Warten auf die klugen Worte anderer Leute, die dann doch ausbleiben, sei eine grundsätzlich unnütze Zeitverschwendung. Dennoch ging er weiter, versah sich auf den letzten Metern vor dem Raum mit einer Art Hülle oder Hebung; ja, er war jetzt wer, er wollte jetzt dringend wer sein.
Die Lehrerin gab ihm die Hand, stellte sich ihm als Frau Malisius vor. Er lächelte freundlich, aber distanziert, und suchte sich im Rund der Stühle einen Platz. Verwundert kam er tiefer als gewohnt auf dem kleinen Stuhl zu sitzen, lehnte sich weit zurück, streckte die Beine in den Raum hinein. Noch bevor die anderen Elternteile eingetroffen waren, hatte er es sich bequem gemacht und unterdrückte sein Gähnen. Er gab sich, als hätte er einen großen Körperumfang.

Die Lehrerin stand im Eingang der Tür, reichte allen nach und nach Ankommenden die Hand und wies sie mit einem mädchenhaften Kichern in den Raum. Vielleicht war sie achtundzwanzig, überlegte er, höchstens. Eine also, die schon früh ihr Leben in feste Bahnen zwang, die vermutlich mit zehn schon Lehrerin werden wollte und zeit ihres Lebens froh war, in jungen Jahren eine gute Idee für die Zukunft gehabt zu haben.
Er hatte sie im Blick und bemerkte schnell, dass sie, wenngleich sie in den Gang sah, zu verstören war. Sie zupfte die Ärmel ihrer Bluse über die Handgelenke, schob sie bei nächster Gelegenheit wieder zurück.
Als alle Stühle besetzt waren, entschied er, sie von seinen Blicken zu verschonen. Er inspizierte nun die anderen und fand auch an denen nichts, das ihm gefiel. Hauptsächlich Mütter waren gekommen, und er nölte sich insgeheim an deren Aussehen in Form, beklagte sich, dass er da sein musste, verstand nicht, was das sollte, ein Elternabend, nur weil ein Ausflug anstand.
Die Lehrerin schloss die Tür und trat vor die Runde. Sie sagte, man möge ihr die Aufregung nachsehen, sie habe noch nicht so viele Elternabende geleitet. Er dachte, wie sie doch etwas sehr Pausbäckiges, Ländliches hatte, und fragte sich, was sie, die keinen Satz beenden zu können schien, ohne ihn zuvor durch ein leicht fragendes Ja unterbrochen zu haben, wohl den Schülern zu vermitteln habe. Er dachte auch etwas über bessere

Zeiten, aber wusste zugleich, dass dieser Gedanke bedauerlicherweise doch nur eine Floskel der Alternden war, dass es bessere Zeiten einfach nicht gab, dass sich jede Zeit auf die vergangenen Zeiten berief, um die jetzige herabzusetzen.
Wie Sie wissen, sagte die Lehrerin, unternehmen Ihre Kinder nächste Woche nun zum ersten Mal einen Klassenausflug. Ich möchte heute mit Ihnen die Vorbereitungen besprechen, möchte Sie aber auch, um Sie ein wenig besser kennenzulernen und die Runde etwas aufzulockern, bitten, mir und der Gruppe zu erzählen, wann Sie das erste Mal allein waren. Die Lehrerin pausierte und trat ein paar Schritte zurück, bis sie mit dem Rücken fast die Tafel berührte.
Gut, dachte er, eine einfache und hier in dieser Runde völlig unpassende Frage, die Frau, dachte er, ist erwartungsgemäß nicht originell. Man sieht es schon an ihrer Kleidung, dass sie nicht originell ist. Billige Fasern, schlechter Schnitt. Es ist bedauerlich, ergoss er sich, dass so wenig originelle Menschen unsere Kinder unterrichten. Man sollte das alles umordnen, beschloss er, während die Lehrerin anhob, um als Erste die Frage zu beantworten, dann aber entschied, als Letzte sprechen zu wollen. Man müsste, dachte er, gute Lehrer auch gut bezahlen, denn warum sollte man am Gehalt derer sparen, die gute Arbeit leisten. Gedanklich trat er fest auf und dozierte in gekonnten rhetorischen Bögen.

Er saß mit locker übereinandergeschlagenen Beinen und hatte seine Antwort parat. Die Sitzung im Werk kam ihm wieder in den Sinn. Ich glaube, dachte er, sie haben mir gekündigt. Zwar nicht mit sofortiger Wirkung, aber dennoch. Sie haben mir, wenn ich das alles richtig verstanden habe, gesagt, dass meine Arbeit in fünf Jahren überflüssig sein wird, dass von nun an niemand mehr eingestellt würde, dass ich nun die Unterlagen zur Entlassung der Mitarbeiter oder zum Personaltransfer in andere Werke vorbereiten muss. Es wurde, hielt er fest, nicht gesagt, wer meine Akte vorbereitet, ob das auch meine Aufgabe sein wird.

Er sah sich in der Runde um, entdeckte einen, den er kannte, der ebenso im Werk arbeitete, allerdings nicht in der Verwaltung, sondern in der Produktion. Er sah ihn wohl etwas zu lange an, denn der Mann erwiderte seinen Blick, schien ihn auch zu kennen, lächelte kurz. Er erwiderte das Lächeln, lenkte den Blick dann auf das Linoleum, in die Mitte der Runde. Der Kollege, dachte er, weiß noch nichts von unserem Glück.

Nun kam die Gruppe in Schwung, die erste Frau begann zu reden, erzählte, wie sie als Kind von ihrem Bruder im Keller eingesperrt worden war. Er hörte sich diese Geschichte gelassen an, wie man nur gelassen sein kann, wenn man sicher ist, eine gute Antwort auf eine Frage zu haben. Zugleich aber saß er fest in seiner Nörgelei und war in diesem Klassenzimmer für Zweitklässler, auf einem kleinen Stuhl, umgeben von kleinen Dingen und von Buchstaben und an die Wand gemalten Tieren, eine Größe. Was, dachte er, macht es nötig, über die Reisen der Kinder zu reden, die Kinder auf das Reisen vorzubereiten. Bloß kein Zauber um die Reise, dachte er. Nachher kriegen die Kinder noch den Eindruck, es handele sich beim Ausflug um eine Angelegenheit, der mit viel Wagemut zu begegnen wäre, und dann wollen sie vielleicht nicht mehr verreisen, nicht hinaus in die Welt, müssen aber in die Welt.

Die Menschen zu seiner Rechten sprachen, erzählten ihre Anekdoten. Manche zuckten mit den Schultern, sagten nicht mehr als einen Satz, andere dehnten ihre Rede aus. Noch drei waren vor ihm, dann wäre er an der Reihe. Das war eine Dramaturgie, die ihm plötzlich nicht mehr behagte. Ihm war danach, nun in die Mitte der Runde zu treten und um eine zufällige Redereihenfolge zu bitten, der Spannung zuliebe. Er saß und bemerkte das Erröten seines Kopfes; da war etwas in ihm, das ihn nun in Anspruch nahm. Auch stellte er fest, dass er entgegen seiner Annahme nun doch nicht sagen konnte, wie es sich bei ihm mit dem ersten Alleinsein verhielt, dass er die Frage nicht mehr verstand. Was ist mit der Frage nun eigentlich gemeint, fragte er sich und war wütend auf die Lehrerin. Wenn ich, dachte er, so arbeiten würde wie die.

Er stand auf, um das Fenster zu öffnen, und bemerkte, kaum dass er wieder saß, wie kalt es nun in das Zimmer drang. Er stand nochmals auf, entschuldigte sich,

schloss das Fenster. Auf dem Parkplatz vor der Schule parkte ein Auto aus, fuhr davon, der Scheinwerfer erfasste ein auf dem Fahrrad eilig fahrendes Kind.
Er zog sein Hemd glatt, strich ein wenig über seinen Bauch, vermied es, in Augen zu sehen, steckte dann lässig die Finger in die Hosentaschen, bevor er zurück zu seinem Platz ging.
Er legte die Worte hin und her. Sie schienen ihm zu absurd, um genannt zu werden. Zudem hatte eine Rednerin vor ihm bereits etwas Ähnliches gesagt.
Als er dran war, hatte er das, was er eigentlich zu sagen gedachte, verworfen. Im Raum das Surren der Neonröhren, das kannte er, das hatte sich nicht geändert, dachte er, eine andere Schule, ein anderes Jahrzehnt, aber es surrte und flackerte die Neonröhre. Im Fenster sah er die Gruppe gespiegelt, und er sah jemanden reden und vermisste, als er wieder zurückblickte, sich wieder der Runde zuwendete und noch nicht bemerkte, dass die Reihe nun an ihm war, einen Tisch, etwas, wohinter er sich wenigstens halbwegs hätte verbergen können und worauf er die Hände hätte ablegen können.
Bitte, sagte die Lehrerin. Wenn Sie mögen, wiederholte sie. Das hörte er und sah auf, sah die anderen lächeln. Gewisse Ähnlichkeiten, meinte die Lehrerin, sind durchaus zu entdecken. Nun weiß ich, von wem Ihr Sohn die Tagträumerei hat.
Ja, hob er an, wollte sagen, es sei die Tagträumerei

nicht seine Sache, und wollte auch sagen, dass dennoch die Tagträumerei nicht nur etwas Schlechtes oder Abzulegendes sei, dass das schon Ernst Bloch ausgeführt habe. Aber innerlich winkte er ab, hatte ja seine Meinung vom Wissen der Lehrer und hätte sofort eine spitze Bemerkung parat gehabt.

Er sagte, er wisse es noch nicht, er wolle gern hinaus auf den Gang, wolle in Ruhe darüber nachdenken. Nun, sagte die Lehrerin, nehmen Sie es nicht so wichtig. So wichtig ist es nicht, wir wollen nur miteinander ins Gespräch kommen. Doch, sagte er, doch, und erhob sich.

Auf dem Gang kramte er, bis er die Zigarettenschachtel unten in seiner Jackentasche fand. Er zündete sich eine Zigarette an, doch sogleich kam der Hausmeister, der im Vorraum an der Tür werkelte, auf ihn zu, wies ihn wortlos darauf hin, dass hier das Rauchen verboten sei. Er lächelte, suchte mit der brennenden Zigarette zwischen Zeigefinger und Daumen nach einem Aschenbecher, erwog, die Zigarette auf dem Boden auszudrücken. Dann eilte er zur Tür, in den nebligen Abend. Der Scheinwerfer eines fahrenden Autos erfasste ihn, sein Schatten rutschte, geleitet von der Fahrt des Autos, über den Boden, war kurz groß und wenig deutlich auf dem Gebüsch zu sehen.

Er dachte, dass er vermutlich das erste Mal allein gewesen sein muss als Baby, denn irgendwer wird ihn wohl in einem Zimmer gelassen haben, das Zimmer

verlassen haben, egal wie kurz. Das, dachte er, hat noch niemand gesagt, aber es ist nicht originell, es ist vielleicht etwas zu spitzfindig. Genaugenommen war ihm das Spitzfindige sympathisch, er mochte sich in seinen Spitzfindigkeiten, aber es genügte nie, nur eine Spitzfindigkeit zu äußern, er hätte, um zufrieden zu sein, um seine Sache gut zu machen, um eine gute Antwort zu geben, dieser ersten Antwort Ausführungen folgen lassen müssen. Hätte einen Bogen schlagen müssen, der an Brisanz und starken Worten nicht zu übertreffen gewesen wäre, um schließlich die Frage zurückzuweisen, einfach zu sagen, eine solche Frage sei seiner knappen Zeit ganz unangemessen.
Gut, dachte er, nehmen wir es ernst. So komme ich ja nicht weiter. Hinter sich hörte er den Hausmeister, er begann zu frieren in der kalten Abendluft. Die erste Reise allein, dachte er, natürlich. Warum bin ich da nicht gleich draufgekommen.
Er zog sich diese Reise in die Gedanken, die Überredungskünste, die er gebraucht hatte, seine Eltern davon zu überzeugen, dass es für ihn etwas Leichtes sei, an die Ostsee zu gelangen und sich dort ein Zimmer zu suchen. Seine Eltern hatten es ihm über Wochen hinweg verboten, hatten gesagt – zu Recht, dachte er heute –, er sei mit dreizehn zu jung, um derart ins Blaue zu fahren. Aber er hatte sich durchgesetzt, hatte es auch geschafft, von seinen Eltern eine gute Reiseausrüstung zu bekommen. Besser vorsorgen als

nachsorgen, hatte er, die Eltern nachahmend, gesagt.
Jetzt sah er die Reise wieder deutlich vor sich. Sah sich am Ende eines langen Tages, der ihm noch keine Unterkunft beschert hatte, auf einer Hafenmauer sitzen und ausstrecken in der Abendsonne, die Spaziergänger betrachten.
Dieser Moment, dachte er, ja, da wäre ich um ein Haar allein gewesen, hätte ich nicht mich selbst so sehr in Augenschein genommen, wie ich da auf der Mauer saß und mit den hochgekrempelten Hosen gut aussah. Diesen Moment also, dachte er jetzt, könnte man durchgehen lassen, wäre da nicht das Bedürfnis gewesen, gesehen zu werden, wahrgenommen von den Spaziergängern. Und das Bedürfnis, bedacht zu werden mit Bewunderung oder Neid, dass er es gut habe da oben und so allein, dass dies viel besser sei, als mit anderen zu reisen. Vor allem die anderen seines Alters, hatte er erwartet, müssten so denken. Hätte ich das nicht gedacht, entschied er nun, wäre ich allein gewesen.
Und im Übrigen, was zählte schon jener Moment, in dem er allein auf der Mauer gesessen hatte und noch nicht wusste, wo er schlafen würde, was zählte der schon, da er doch gleich unterbrochen worden war. Ein Mittzwanziger war auf ihn zugetreten und hatte gefragt, ob er wohl mitkäme auf eine Bootspartie, die Arminia, hatte der Mann gesagt und auf eine Motoryacht ein paar Meter weiter gewiesen, braucht noch

Verstärkung. Er saß da, folgte dem Finger und sah die Yacht, von der eine junge Frau, ein älterer Herr und ein Mädchen zu ihm blickten. Ja, sagte er, und? Nun, wir dachten, du hättest vielleicht Lust oder Zeit, uns zu begleiten, wie wäre es?
Warum?, hatte er gefragt. So groß ist das Boot nicht. Die Yacht, sagte der andere, braucht starke Hände, jemand muss mir mit den Fendern helfen. Und wohin, fragte er und legte das Buch ab. Über die Ostsee, nach Schweden, dann wieder zurück.
Er hatte damals nicht nachdenken müssen, hatte sofort zugesagt, war für die gesamte Reise eingeladen worden und anschließend mit den Berichten eines ihm fremden Luxus und dem kleinen Bedauern, von großen Abenteuern nichts mitbekommen zu haben, nach Hause zurückgekehrt.
Die erste Reise allein, dachte er, war eine in großer Gesellschaft. Und alle Reisen danach waren Reisen mit Freunden, mit Freundin, mit der Familie. Mit den Reisen, dachte er, komme ich nicht weiter.
Er durchdachte weitere Möglichkeiten, aber konnte nur feststellen, dass er nie auf ihm genügende Weise allein gewesen war, dass er sich, auch wenn er niemanden in direkter Nähe neben oder vor sich gehabt hatte, eben doch stets hatte sicher sein können, dass da leicht jemand zu erreichen gewesen wäre.
Es war ihm auch das Alleinsein in der Liebe erspart geblieben, nie war er verlassen worden, und nie hatte

er jemanden so vermisst, dass kein anderer Mensch mehr zählen konnte, dass die Welt nur aus dem vermissten Menschen zu bestehen schien.
Ich war also nie allein, dachte er und trat seine Zigarette auf dem Boden aus. Das fand er eine merkwürdige Feststellung, wenn er in Betracht zog, dass er Anfang vierzig war.
Er setzte sich auf einen Fahrradständer und fragte sich, wie nur all die Jahre so schnell vergangen waren. Das war keine schwierige und keine mit Wehmut zu stellende oder zu beantwortende Frage. Manche Jahre lagen hinter ihm und hatten ihn, zumindest bis vor wenigen Stunden, zu einem Familienvater in sicherer Anstellung gemacht. Womöglich lagen noch sehr viele Jahre vor ihm.
Als die Ersten aus der Gruppe nach draußen traten, erschrak er und streckte sogleich den Rücken gerade. Die Lehrerin trat auf ihn zu. Wir sind schon fertig, sagte sie, wir nahmen an, Sie hätten schon eher gehen müssen. Hätten wir gewusst, dass Sie hier draußen stehen, hätten wir auf Sie gewartet. Ich lasse Ihnen durch Moritz ausrichten, was besprochen wurde. Auf Wiedersehen. Sie reichte ihm die Hand. Er stand auf, erwiderte den festen Händedruck.
Ihm fielen plötzlich jene Inder ein, über die er auf der Fahrt von der Sitzung zum Elternabend im Radio gehört hatte, die sich auf dem Weg zum Pilgerort derart fortbewegen, dass sie sich auf die Straße legen, das

Ende des Schädels markieren, aufstehen und sich erneut ab der Markierung ausstrecken, eine neue Markierung anbringen und immer so weiter. Sie maßen auf diese Art die Strecke. Es war möglich, das Pilgern auch schneller zu erledigen, in der Art der reichen Inder, die den Weg im Auto abfuhren.

Daran dachte er, aber er pilgerte ja nicht, er ging, denn es war Zeit, nach Hause zu kommen. Er dachte sich den Weg weiter, er ließ den Weg, auf dem er ging, nicht in den Parkplatz münden, sondern in weitem Schwung über den Parkplatz hinweg eine Allee bilden. Während er in sein Auto stieg und losfuhr, dachte er sich die Allee mit einem weichen Bodenbelag, einem, der, wenn es lange nicht geregnet hätte, leicht staubig wäre, der langes Gehen erlauben würde.

John und Samuel von Düffel

Sie haben fünf neue Mails

-------- Original-Nachricht --------
> Datum: Sat, 7 Aug 2010 08:16:49 +0200
> Von: »philipleumas« <philipleumas@web.de>
> An: »charlotteleumas« <charlotteleumas@gmx.de>
> Betreff: Endlich

Hallo Lo,
deine Gebete wurden erhört! Sag allen zu Hause, ich bin heil angekommen in Vietnam oder im Jenseits. Ich habe seit fast 30 Stunden nicht geschlafen und über 9000 km hinter mir, da traut man seinen Augen nicht mehr wirklich. Aber wenn ich das alles nur träume, wirst du diese E-Mail nie erhalten, insofern: egal.

Ich hoffe, Mama und Papa haben die Hektik heute Morgen – oder war das jetzt gestern oder vorgestern? – halbwegs verdaut. Aber natürlich hat mal wieder mein Wecker versagt. Normalerweise wache ich bei wichtigen Reisen immer von selbst zwei Stunden zu früh auf, doch diesmal dachte ich mir: Hey, Philip, entspann dich, morgen musst du fit sein. Und ich habe mich entspannt und geschlafen wie ein Stein und bin erst eine Stunde, nachdem der Wecker mal wieder nicht geklingelt hatte, aufgewacht. Ich weiß, ich hatte euch gesagt, ihr braucht nicht aufzustehen, schließlich soll es ja keine Klassenfahrt werden, wo die ganze Familie winkend am Busbahnhof steht. Aber macht euch keine Sorgen. Ab jetzt kann's nur besser werden. Jedenfalls war ich noch früh genug am Bahnhof, um mich im Gleis zu irren und es an der äußersten Grenze der Rechtzeitigkeit zu merken. Und dann begann meine Reise: Zug, Umsteigen, Zug, Flughafen, Warten, Einsteigen und los! (Schön, dass man Langeweile so zusammenfassen kann.)

Zwei atemberaubende Schönheiten, die ich nach kurzem Staunen als Flugbegleiterinnen erkannte, haben mich mit eleganten Armbewegungen auf meinen Sitzplatz gelotst. Solchen Grazien verweigert man nicht den Gehorsam. (Keine Angst, Schwesterlein, keine weiteren Frauengeschichten.) Ich habe vier westliche Mahlzeiten bekommen, drei Filme gesehen und fünf weitere angefangen. Links und rechts von mir, auf den gemeinsamen Armlehnen, lagen zentnerschwere Ellbogen, die zu den müden Körpern meiner Nachbarn gehörten (es waren keine Japaner). Ohne Armlehne kann man sich nicht aufstützen, man kann seinen Kopf nicht auf die Schultern legen und den Körper nicht entlasten. Du kannst gerne mal versuchen, auf einem armlehnenlosen Stuhl in der Küche zu schlafen. Geht nicht. Deswegen konnte ich auch nicht nach elf Stunden aufwachen und verwundert meinen übermüdeten Nachbarn fragen: »Ach, ist das schon Hongkong?« – Mein Nachbar konnte das.

Der Flughafen ein Labyrinth voller Schilder, die einen vor der eigenen Tolpatschigkeit warnen: »Please, watch your step« an den Laufbändern, »Please keep moving« an den Rolltreppen. Ich war zu müde, um zu rebellieren, und habe mich dran gehalten. Irgendwann kam »Hold the handrail« ganz ohne »please« auf rotem Untergrund. Ich denke, okay, Befehl ist Befehl, fass das Ding an und krieg voll den Stromschlag. Arschlöcher! (Sicher sitzen irgendwelche schadenfrohen Typen vor dem Überwachungsbildschirm und lachen sich jedes Mal tot, wenn einer auf diesen miesen Trick reinfällt.)

Warten, warten, warten. Endlose Spaziergänge durch grell beleuchtete Marmorhallen. Ohne MP3-Player wäre ich durchgedreht. Dann wieder Sicherheitskontrollen. Ich bin mindestens so gelangweilt wie der Polizist, der meine Hosenbeine mit einem piepsenden Tischtennisschläger inspiziert. Meine fünfte Flugzeugmahlzeit ist Reis, Tofu und Frühlingsrollen. Es schmeckt mir, und draußen geht die Sonne auf. Ein neuer Tag, ein neues Land. »Thank you for flying with Vietnam Airlines!« Gern geschehen.

Ich hab heute noch viel vor, muss Pho Bo probieren und so. Der Tag ist jung, und ich bin in Hanoi. Marc und seinen Eltern geht es gut. Als Entwicklungshelfer versuchen sie, ihre Lebensgewohnheiten weitgehend denen der Einheimischen anzupassen, sie leben einfach, aber gut. Ich habe das Zimmer neben Marc. Die Wände sind so dünn, dass man sich unterhalten kann. Er hat nach dir gefragt, und ich habe ein bisschen mit dir angegeben, dem Genie in unserer Familie, und ich meine das nur halb im Scherz. Also, mach's gut, Kleines, und spiel nicht so viel mit meinem PC.

Philip

P.S. Es ist verdammt heiß und feucht hier, Mensch!

------- Original-Nachricht --------
Datum: Thu, 12 Aug 2010 20:26:15 +0200
Von: »philipleumas« <philipleumas@web.de>
An: »charlotteleumas« <charlotteleumas@gmx.de>
Betreff: Lebenszeichen

Hi Lo,
entschuldige, dass ich mich jetzt erst wieder melde. Es passiert einfach zu viel. Jedenfalls gut zu hören, dass Mom und Dad nachts nicht mit den Zähnen klappern vor Angst um mein leibliches Wohl. Aber vermietet mein Zimmer noch nicht. Ich hab ein Rückflugticket,

und das werde ich nicht verfallen lassen, schon allein wegen der Verpflegung.

Wo waren wir stehengeblieben? Ach ja, Vietnam. Ich kann nur sagen: kein Witz. Man kommt aus dem Flugzeug in den Flughafen und es ist, als hätte man ein Badezimmer betreten, wo gerade jemand zwei Stunden lang heiß geduscht hat. Was denkt man? Man denkt: Nichts wie raus hier! Und man geht raus, und draußen ist es noch schlimmer. Man steigt ins Taxi und sieht grünen Dschungel und braune Seen. Spätestens, wenn der unangeschnallte Taxifahrer zum zweiten Mal hupend rechts überholt hat, fragst du dich: Wo bin ich hier? Das Einzige, was mich nach der langen Reise und bei der Hitze wach gehalten hat, war das ständige Gehupe. Da es hier, wie Marc mir erklärt hat, nur drei Verkehrsregeln gibt (fahr nicht zu schnell, nicht zu langsam und bau keinen Mist), übernimmt die Hupe den Rest. Aber allmählich gewöhne ich mich dran. Ich passe mich an.

Wenn du weniger als viermal am Tag duschst, bist du hier ein gleichgültiger Stinker. Ohne Ventilator oder Aircondition zu schlafen ist ein Vorhaben, das einen Flüssigkeitsverlust von mindestens zwei Litern verursacht und wird vom Gesundheitsministerium wärmstens missfohlen. Hier schreibt man eine E-Mail in einem ventilatorlosen Raum und sieht danach aus wie nach einem Basketball-Turnier in der Sonne. Wenn du als Europäer auf Aircondition verzichtest, wirst du entweder ausgelacht oder zutiefst bewundert.

Ok, ich mache mehr als nur schwitzen. Als ich mich gerade von meinem 32-Stunden-Jetlag erholt hatte, wartete schon die nächste Reise auf mich: 14 Stunden Zug nach Hoi An. Hab mich echt drauf gefreut, ich liebe Nachtzüge, und das letzte Mal war lange her. Die Reise ging noch am selben Tag los, an dem sie geplant wurde. Um 23 Uhr steigen Marc und ich in den Zug, suchen unser Abteil und entscheiden, wer oben schläft. Er möchte oben schlafen, und nach einem raschen Blick auf die wochenalten Blutspuren auf seinem Laken bin ich einverstanden. Das hat er mir später nachgetragen.

Wenige Minuten später kommen zwei alte Vietnamesen rein, und einer murmelt etwas, das mir Marc mit »Scheiße, Ausländer« übersetzt. Ist mir egal, denn ich bin müde, dreh mich zur Wand und schlafe ein, bevor der Zug den ersten Bahnhof erreicht. Gegen zwei wache ich auf, und einen Moment lang bin ich überzeugt, ein Raubtier ist im Raum. Ich irrte. Im Bett neben mir, eingehüllt in eine Decke, lag etwas, das man rein empirisch nicht als menschlich erkannt hätte, nach den dazugehörigen Geräuschen zu urteilen. Unregelmäßige Atemversuche bahnten sich Wege durch die fleischigen

Kanäle dieses ruhenden Leibs. Das Schnarchen war so mächtig, dass man es nicht als Klang wahrnahm, sondern als eine Art Erschütterung. Der Typ hatte mindestens 125 Kubikzentimeter Hubraum zwischen Nase und Kleinhirn. Ich hab später versucht, es nachzumachen, um die Schrecken dieser Nacht zu schildern, aber vergebens. Mir fehlen irgendwie Muskeln und Körperteile – und wenn ich's könnte, würde mir sowieso keiner glauben.

Hoi An war klasse. In Hoi An ist immer happy hour. Happy hour ist der Grund, aus dem du zum fünften Mal am Tag einen Fächer oder eine blöde exotische Perlenkette kaufen sollst, während du auf deiner Liege den weiten Ozean betrachtest und deinen Drink schlürfst. Wenn du glaubst, happy hour gibt es nur bei Cocktails, liegst du falsch, auch bei Plastikschmuckverkäufern kannst du der glückliche Kunde sein, der einen besseren Preis kriegt. Und das ist man immer. Wahrscheinlich haben die Leute hier gesehen, wie Touristen auf happy hour abfahren, und die Verkaufsstrategie kopiert. Alles, was Geld bringt, wird abgeguckt. Ein Drittel der Läden sind Schneidereien, und es gibt ähnlich viele Schuhläden und Souvenirgeschäfte. Wenn man 30 Meter mit dem Fahrrad geradeaus gefahren ist, hat man den Eindruck, sich im Kreis zu bewegen. Die Schneidereien stellen alle exakt die gleichen Klamotten aus. Das Gute ist: Man kann in einem Souvenirladen auch eine Zahnbürste bekommen. Man wird zwar danach gezwungen, auch noch Rasierschaum zu kaufen, den man eigentlich nicht braucht, doch wenigstens ist das Zahnhygieneproblem behoben. (Meine superweiche, ergonomisch geformte Spezialzahnbürste – ihr habt es wahrscheinlich bemerkt – steht noch bei euch im Regal.)

Hoi An ist eine tolle Stadt. An jeder Ecke kann man auseinanderfallende Fahrräder mieten. Die Ampeln in Vietnam haben einen Count-down, der anzeigt, wie lange man noch Rot, Grün oder Gelb hat. Das führt zu permanenten Wettrennen. Und da Motorradfahrer hier immer im vierten Gang starten, kann man sich das auch erlauben. Es gibt im Touristenviertel einen Dorfdeppen, der bei jedem vorbeikommenden Fahrzeug (mit 2 Rädern) schreit. Nachts stöhnt er nur noch, aus Müdigkeit oder aus Rücksicht auf die Schlafenden. Ich war drei Tage da, genug für einen ordentlichen Sonnenbrand und einen positiven Eindruck von der Stadt. Dann kam die Rückreise. 14 Stunden. Kein Nachtzug. Wir hatten zwei Sitzplätze und aufgrund der Enge permanenten Schulterkontakt. Ein Fernseher zeigte chinesische Boygroup-Konzerte, nach einer Stunde kann man das echt nicht mehr mit Humor nehmen. Man hat sich schon fast auf die Klingeltonwerbung gefreut, die ab und zu die Veranstaltung unterbrach. Es war laut, ungemütlich, und das grelle

Neonlicht raubte einem den letzten Nerv. Außerdem gab es so etwas wie Lücken in den Schienen, die dich alle 15 Minuten wachrüttelten. Ich hab 20 Minuten geschlafen. Die blöde Armlehne zu meiner Linken war so gebaut, dass nur ein Freeclimber daran Halt finden könnte. Ich hab den Leuten stundenlang beim Schlafen zugeguckt, um vielleicht was von denen zu lernen. »How does he do it?« Aber es hat mich eigentlich nur frustriert. Ich wurde mit jeder Minute aggressiver. Bei etwas mehr Bewegungsfreiheit hätte das böse Folgen haben können. Aber auch diese schreckliche Nacht ist vorbei. Wir haben um 5 Uhr morgens ein Taxi genommen, bei dem der Zähler nicht alle 100 Meter rotierte, sondern alle 10 (der Fahrer hatte irgendwie dran rumgeschraubt), aber das war mir egal. Ich wäre auch mit einem Helikopter zum nächsten Bett geflogen.

Na ja, ich hoffe, ich höre mich nicht senil an, weil ich so viel übers Schlafen und Essen schreibe, aber wenigstens eins habe ich auf dieser Reise schon gelernt: warum Schlafentzug so eine beliebte Foltermethode ist.

Grüß mir alle Grußbedürftigen. Marc lässt dir ausrichten, dass du in ein, zwei Jahren auch gern mal vorbeikommen kannst. Wir sehen uns im September.

Dein ausgeschlafener Philip

P. S. Wenn ich mir etwas Utopisches zum Geburtstag wünschen könnte, dann wäre das eine Riesenmütze Schlaf, bei dem keine Zeit vergeht.

------- Original-Nachricht --------
Datum: Wed, 18 Aug 2010 00:46:15 +0200
Von: »philipleumas« <philipleumas@web.de>
An: »charlotteleumas« <charlotteleumas@gmx.de>
Betreff: Re: Happy Birthday!

Hi Lo,
mit dieser Dankesmail wollte ich eigentlich allen Glückwünschen zuvorkommen, aber du warst wieder mal schneller und hast die Zeitverschiebung mit einberechnet. Ich hoffe wirklich, du sitzt nicht die ganze Zeit am PC. Und sag Mom und Dad, sie sollen sich zur Abwechslung mal ein bisschen Sorgen um dich machen. Es war ein langer, aufregender Vorgeburtstag, und ich bin ein bisschen müde, melancholisch – weiß nicht, was. Aber wir feiern dann zu Hause nach, auf die bewährte Art. Vielleicht liegt es am Datum, aber mir ist noch einmal klar geworden, dass diese Reise kein Spaß ist. Ich sollte so langsam wissen, wie es danach für mich weitergeht. Das finde ich auch.

Es ist verrückt. Ich mache Urlaub und weiß eigentlich gar nicht, wovon oder wovor. Ich hatte gehofft, dass mir auf dieser Reise klarer werden würde, was ich will, außer vielleicht reisen. Aber das ist nicht der Fall. Du müsstest Marc einmal hören und seine Pläne, ich glaube, ihr würdet euch gut verstehen. Aber je sicherer er sich über seine Zukunft ist, desto unsicherer werde ich. Es gibt so viele Möglichkeiten und so wenig, was mir ähnlich sieht. Und manchmal habe ich das Gefühl, ich soll schon etwas werden, bevor ich überhaupt richtig ›ich‹ war. Ich weiß nicht, ob du mich verstehst. Es ist spät, und ich will hier nicht verzweifelt auf die Tastatur einhacken, sonst fällt Marc noch aus dem Bett – die Papierwände hier, ich hatte dir, glaube ich, davon erzählt …

Wie auch immer. Ich befinde mich gerade in dem fünfstündigen Zeitraum, in dem ich in Vietnam schon 17 und bei euch noch 16 bin. Seltsames Gefühl. Ich hatte hier vor dreißig Minuten Geburtstag. Draußen hat sich der Verkehr gelegt, kein Motorradgeknatter stört meine Ruhe. Wirklich verrückt. Ich würde jetzt gerne zu Hause im Kreis meiner Lieben eine Flasche Champagner köpfen, eine improvisierte Zehn-Wörter-Rede halten und die Kerzen auf einem selbstgebackenen Kuchen ausblasen, um hinterher mühsam das verkleckerte Wachs aus dem Teig zu pulen. Stattdessen sitze ich hier alleine vor einem fremden Computer und schreibe, um woanders zu sein, weil hier schon alle im Bett sind. Tja. Aber ihr seid ja noch wach, bei euch scheint die Sonne, hoffe ich ... Wäre toll, jetzt einen Spaziergang zu machen, mitten in der Nacht, aber ich will niemanden aufwecken. Eigentlich mach ich das jeden Geburtstag, so einen Spaziergang durch die Nacht. Man fühlt sich allein und irgendwie bedeutend und fängt auf einmal an, jeden Eindruck poetisch zu finden. Kennst du das? Einsame Schritte in meditativer Stille. Und wenn man zurückkommt, denkt man, man hätte was dazugelernt.

Aber was soll's. Mir geht's gut, ich bin reich – jedenfalls für vietnamesische Verhältnisse –, und der Rest meines Lebens wird sich finden. Hattest du schon mal das Gefühl, Millionär zu sein? Ich schon. Ich bin mit einem 50-Euro-Schein in der Hand zur Geldwechselstelle marschiert, die zuständige Dame hat ein bisschen auf einem Taschenrechner rumgetippt und mir dann das Ergebnis gezeigt: sechs Nullen! Der Geldstapel hat kaum in meine Hosentasche gepasst, also bin ich gleich einkaufen gegangen. Nach einem für meine Verhältnisse unverantwortlichen Großeinkauf bekam ich Schuldgefühle, denn ich hatte ganze 400 000 Dong für Klamotten ausgegeben. Also 16 Euro.

Essengehen ist meine Lieblingsbeschäftigung. Auf der Straße gibt es überall kleine Stände, wo man die leckerste Nudelsuppe bekommt. Man setzt sich auf niedrige Plastikhocker (meistens blaue), murmelt »xin chao, pho' bo xin«, lächelt und hofft, dass sie dein Gefasel richtig interpretieren. Die Betonungen spielen hier eine so wichtige Rolle, dass man den Satz bestimmt auf sieben verschiedene Arten missverstehen kann. Aber was soll schon passieren? Ich will sowieso alles Mögliche probieren, da macht's auch nicht viel, wenn man mir anstelle des gebraten Schlangenherzens einen gedünsteten Affenhoden serviert. Obwohl es mich schon wurmt, wenn ich todhungrig eine Suppe bestellt zu haben glaube und eine Zigarette gebracht bekomme. Aber damit muss man rechnen. Außerdem ist Essen fast das Einzige, was einen relativ festen Preis hat. Sonst ist alles andere zu verhandeln. Ich feilsche eigentlich sehr wenig, denn ich bin noch so von meinem Scheinreichtum berauscht, dass ich jeden gebotenen Preis mit Wonne bezahle.

Was ich an diesem Land einfach liebe, sind die Motorradtaxis. Es gibt kaum einen schöneren Weg, von A nach B zu kommen. Natürlich muss man vorher um den Preis feilschen, und da ich nur vier Zahlen auf Vietnamesisch kenne, versuche ich hartnäckig, einen Preis auszuhandeln, den ich verstehe. Dann setze ich mich hinten drauf, stöpsle meine Kopfhörer ein und kühle meinen Kopf im Fahrtwind, während Hanoi mit 50 Stundenkilometern an mir vorbeirast. Auf diesen chaotischen Straßen, wo es fast keine Verkehrsregeln gibt, fühle ich mich sicherer als angeschnallt auf dem Rücksitz unseres Volvos.

Leider gibt es sehr viele Motorradtaxis, und wenn man schon in B ist, und nicht nach A will, dann stürzen sie sich alle auf dich. In manchen Straßen musst du alle zwölf Schritte ein Fahrangebot ablehnen beziehungsweise den Fahrer davon überzeugen, dass du wirklich nicht fahren willst und nicht nur einen besseren Preis anstrebst. Mein Kampfspruch ist ein hastiges, halb geflüstertes Nothankyou, bei dem ich langsam die Hand schwenke, um ihm Obi-Wan-Kenobi-mäßig klarzumachen: Ich brauche kein Motorrad. Er wiederholt leider nicht: »Du brauchst kein Motorrad«, aber verstanden hat er es trotzdem.

Also, noch einmal: Danke für deine Mail, du warst wieder einmal die Erste. Halt die Stellung zu Hause! Ich freue mich schon darauf, gegen dich wieder im Schach zu verlieren. Hab noch einen schönen Sommer, und werd schön braun (da fällt mir gerade ein: Hier versuchen die Frauen alle, weiß zu bleiben, und tragen lange Handschuhe, große Hüte, Mundschutz und Sonnenbrille – denn Braun ist die Hautfarbe der Arbeiter, und käseweiß sein ist hier ein Luxus, denk mal drüber nach).

Dein großer, noch ein Jahr älterer Bruder

------- Original-Nachricht --------
Datum: Sat, 21 Aug 2010 17:27:53 +0200
Von: »philipleumas« <philipleumas@web.de>
An: »charlotteleumas« <charlotteleumas@gmx.de>
Betreff: Re: Re: Happy Birthday!

Sorry, Lo,
ich hoffe, du hast dir nach meiner nächtlichen Geburtstagsmail keine allzu großen Sorgen um meinen Geisteszustand gemacht. Mir geht's gut, wirklich. Mein einziges Problem ist, wie ich meine Mails und Postkarten geschrieben kriege. Und manchmal beunruhigt es mich, dass dieser Zustand nicht ewig dauern wird. Aber noch ist das Ende weit weg (dahin schiebe ich es jedenfalls).

Wenn du schreibst, dass ich mich verstecke, ist das mal wieder typisch. So was kannst nur du schreiben. Du solltest Psychologie studieren, Psychologie und Astrophysik, damit könntest du alle einschüchtern. Aber ich versuche wirklich nicht, mich zu verstecken, jedenfalls nicht vor dir (ohnehin zwecklos). Und ich will gerne so viel wie möglich von mir schreiben und nicht nur über meine Reise, auch wenn ich manchmal das Gefühl habe, diese Reise und ich – wir sind kaum mehr zu trennen.

Ob ich mich verändert habe? Ich weiß nicht. Wahrscheinlich. Aber ich kann nicht sagen, wie. Ob ich mich manchmal allein fühle? Ich hatte fest damit gerechnet. Am Anfang dachte ich, jetzt kommt's, die Stunde der Wahrheit, ich werde beinhart zu spüren bekommen, dass ich auf dieser Welt nicht existieren kann ohne Mom und Dad und dich. Und ich habe mich darauf gefasst gemacht, zu leiden wie ein Hund, den man irgendwo angebunden und vergessen hat. Aber die Stunde kam nicht. Es geht mir gut.

Versteh mich nicht falsch, ich vermisse dich, euch, aber es ist nicht der Schnitt, den ich erwartet hatte, oder dieses Gefühl, als würde mir permanent etwas fehlen, so als hätte man mir ein Bein oder einen Arm amputiert und ich wäre irgendwie gehandicapt. Ich spüre nichts. Ich fühle mich manchmal ein bisschen einsam, in den unpassendsten Momenten, mitten im Menschengewimmel oder beim Warten auf einen Zug, der nicht kommt, aber ich bin immer noch komplett. Ich hoffe, das kommt nicht kränkend rüber.

Ich glaube, ich fühle mich nicht allein, weil ich gewohnt bin, es zu sein. Es macht mir nichts aus. In der Schule gehöre ich nicht dazu – nicht, weil ich so viel klüger wäre als die andern, so wie du –, es ist einfach nicht meine Welt, und meine Clique … na ja, ich komme klar inzwischen und tarne mich gut, trotzdem glaube ich, dass wir alle nur zusammen rumhängen, weil wir Angst haben, uns zum Idioten zu machen. Und eigentlich bin ich lieber mal Idiot, als ständig

Angst davor zu haben. Aber es macht mir nichts aus, nicht wirklich dazuzugehören. Ich nehm's mit Humor. Nur manchmal kriege ich die Panik bei der Vorstellung, dass ich noch ein ganzes Jahr für alle zu Hause der Typ sein muss, der ich gewesen bin.

Darf ich jetzt trotzdem vom Wetter sprechen? Es ist nämlich wirklich wichtig! Nach langer Hitzeperiode ist endlich der Regen gekommen. Aber nicht so ein Nieseln wie in Deutschland, nein, so richtig Regen. Wenn du hier einem Kind erzählen willst, dass es die Engel sind, die weinen, dann zeigt dir das Kind einen Vogel. Vor dem Regen verdunkelt sich der Himmel, alles wird still und angespannt. Es wird Nacht, aber alle sind wach. Und dann, ganz plötzlich, ohne Vorwarnung, ist die Dusche voll aufgedreht. Das Rauschen nimmt zu und wieder ab, und man kann nur im Haus hocken, lauschen und sich machtlos fühlen. Bei Gewitter beleuchten die unglaublichsten Blitze die mächtigen Umrisse der schweren Wolken. Wetter ist hier richtig spannend. Und wer es ignoriert, dem entgeht was.

Wegen Unwetter wurde auch meine Halong-Bay-Reise verschoben. Stattdessen bin ich ins Ho-Chi-Minh-Mausoleum gegangen, um Onkel Ho zu sehen. Eigentlich wollte er ja eingeäschert und in Nord-, Süd- und Mittelvietnam verstreut werden. Stattdessen liegt er jetzt in einem Glaskasten und ist das Pilgerziel vieler

Vietnamesen. Auch gut. Die Schlange vor dem Eingang ist ein paar Kilometer lang, aber es geht relativ schnell voran, weil man nicht stehen bleiben darf. Man läuft in Zweierreihen, und dauernd kommen von links und rechts Vordrängler, die man mit passiver Ellbogengewalt wieder zurückstoßen muss. Es darf nicht geredet und nicht gelacht werden. Eine vollkommen desinteressierte Sicherheitskontrolle guckt flüchtig, ob du eine Kamera, ein Handy oder eine Maschinenpistole bei dir hast. Ich hatte es geschafft, in der Nacht davor bei einer Party meine Brille zu verlieren, und konnte aufgrund meiner Kurzsichtigkeit in dem großen Augenblick nur den Bart von Ho erkennen. Schade. Aber es war immerhin das erste Mal, dass ich den Bart eines einbalsamierten VIPs live sehen durfte. Ich war zufrieden genug, mir später noch ein paar überteuerte Ho-Chi-Minh-Fanartikel im Souvenirladen zu kaufen.

Mittlerweile habe ich mich so eingewöhnt, dass es fast schon verrückt ist. Ich trinke regelmäßig Kokosmilch aus der Dose und esse Pho Ga zum Frühstück, ich feilsche wie ein Einheimischer, und Deutschland ist weit weg. Ich weiß schon gar nicht mehr, wie Europa riecht. Ja, sicher, meine Reise hat mich verändert. In meinen Erinnerungen spiele ich nicht mehr die Hauptrolle. Auf den Fotos in meinem Handy sehe ich Orte, die mir nicht mehr bekannt vorkommen.

Und meine Musik macht mich sentimental. So als würde sie mich an jemanden erinnern, den es nicht mehr gibt.

Halb so wild. Du hast gefragt und ich will ehrlich sein, aber es ist nicht dramatisch, sondern eine ganz natürliche Nebenwirkung des wochenlangen Unterwegsseins. Wahrscheinlich muss ich nur die Musik abschalten, um meine kleine Identitätskrise wieder loszuwerden. Bald bin ich zurück und wieder der Alte.

Big Brother

P. S. Nein, ich habe definitiv kein Heimweh, es gibt zu viele Orte, die ich als Zuhause empfinde. Ich spüre Nomadenblut in meinen Adern. Aber ich freu mich darauf, euch wiederzusehen. Ehrlich. Ich freue mich auf schlechtes Essen. Ich freue mich darauf, wieder langärmlige Hemden tragen zu können. Bis bald!

------- Original-Nachricht --------
Datum: Sun, 29 Aug 2010 01:26:15 +0200
Von: »philipleumas« <philipleumas@web.de>
An: »charlotteleumas« <charlotteleumas@gmx.de>
Betreff: Lo zum Letzten

Nun denn, Lo,
wie geplant: Morgen ist Abfahrt. Wieder so eine kolossale Reise. Wieder Jetlag. Aber kein Problem, ich

gewöhne mich langsam dran. Bin gerade dabei, meine Koffer zu packen ... ja, es sind mehr als einer. Ich frag mich langsam auch, wo das ganze Zeug herkommt. Ich hab dreimal so viele Sachen wie am Anfang. Es ist natürlich viel zu viel und viel zu spät. Ihr würdet bei dieser Desorganisation bestimmt die Krise kriegen, aber zu eurem und meinem Glück müsst ihr das ja nicht miterleben.

Bei mir ist es kurz nach halb zwei, und ich bin gerade von einer Art Abschiedsfeier halb betrunken nach Hause gekommen. Warum ich noch nichts gepackt hab, weiß ich auch nicht. Ich weiß nur: Morgen früh um sieben muss ich los, und das ist nicht mehr lange hin. Aber da ich sowieso wenig Aussicht auf guten Schlaf hab, kann ich euch auch schreiben. Das sind wahrscheinlich die letzten Worte, die ich auf diesem Erdteil tippe, also aufgepasst!

Die Mitbringsel sind gekauft und liegen verstreut in meinem Zimmer, bedeckt von dreckigen Klamotten, die ich vergessen habe, in den Wäschekorb zu werfen. Was für ein Chaos. Aber nichts im Vergleich zu meinen Gedanken und meinen Eindrücken der letzten Wochen. Wo ich auch hingucke, verbindet mein Gehirn Gegenstände mit Erinnerungen. Um diese Uhrzeit sollte es eigentlich im Stand-by-Modus sein und mich nicht beim Aufräumen mit Flashbacks nerven.

Tja … aber irgendwie hat es recht. Ich will gar nicht packen, ich will diese Zeit nicht beenden. Ich will wieder zurück in die Bar, die ich eben verlassen musste, mich weiter mit Marcs Freunden unterhalten, noch einen Cocktail bestellen und ins Bett gehen mit dem Wissen, dass alles gut ist und so bleibt.

Ich habe hier so tolle Leute kennengelernt, dass ich ein bisschen Angst hab vor dem Kulturschock zu Hause. Die meisten von Marcs Freunden sind Ausländer – Kinder von Botschaftern, Beratern oder Entwicklungshelfern, die die längste Zeit ihres Lebens in fremden Ländern gelebt haben. Ewige Ausländer. Endlich eine Kategorie, mit der ich mich halbwegs identifizieren kann.

Mein letzter Tag war eines solchen allemal würdig. Ich hab's geschafft, mich auf meiner letzten Einkaufstour in der Stadt so zu verlaufen, dass ich nur die Hälfte meiner Pläne verwirklichen konnte. Da ich überhaupt keine Ahnung hatte, wo der Laden war, den ich suchte, bin ich einfach mal nach Gefühl gelaufen. Da meine Gefühle relativ stabil waren, bin ich wenigstens eine Stunde lang im Kreis gerannt, ohne es zu merken. Auf diesen Straßen gibt es so viel Interessantes zu sehen … da achte ich nicht auf Schilder. Später haben wir (also Marc, seine Freunde und ich) zusammen »Brazil« geguckt, den außer mir nur Marc kannte. Bis der DVD-Spieler an der wichtigsten Stelle völlig versagt hat. Laute Proteste flogen wie Pfeile gegen diese nutzlose Maschine – das Ende des Films haben wir trotzdem nicht mehr sehen können. Aber die Party hat nicht darunter gelitten. Wir haben Musik aufgelegt und Abendessen gekocht, zu zehnt oder so was. Obwohl das Mahl unter der Improvisation von zehn verschiedenen Küchenignoranten geboren wurde, war es verdammt gut. Irgendwann sind wir zum Abschluss in eine Bar in der Stadt. Und jetzt sitze ich hier auf ungepackten Koffern.

Tja, ich muss weitermachen, definitiv! Vielleicht war ich nicht lange genug weg für Heimweh, vielleicht fehlen mir nur ein paar Wochen bis zum ersten »Holt mich hier raus«-Hilferuf. Aber wenn ich sage, dass ich diesen Ort nicht verlassen möchte, heißt das nicht, dass ich mich nicht auf euch freue. Ihr macht den Rückflug für mich attraktiv. Bis sehr bald.

P.

P.S. Wenn ich abstürze, nimm meine Asche und versteck sie in der Achselhöhle von Ho. Schöne Vorstellung, von oben zuzusehen, wie mich das gesamte vietnamesische Volk aus Versehen bewundert.

Autoren- und Quellenverzeichnis

Friedrich Ani, geb. 1959, lebt als freier Schriftsteller in München. Er schreibt Gedichte, Erzählungen, Romane und Drehbücher, zuletzt den Kriminalroman »Die Tat« (2010). – »Der geschliffene Himmel« © beim Autor

Tanja Dückers, geb. 1968 in Berlin, lebt als freie Schriftstellerin und Kunstkritikerin in ihrer Heimatstadt. Sie hat mehrere Gedichtbücher, Erzählbände und drei Romane veröffentlicht, zuletzt »Der längste Tag des Jahres« (2006). – »Himmelblau« © bei der Autorin

John von Düffel, geb. 1966 in Göttingen, lebt als Autor und Dramaturg in Berlin. Er hat Theaterstücke, Romane und Erzählungen veröffentlicht, zuletzt den Roman »Beste Jahre« (2008). – »Sie haben fünf neue Mails« © beim Autor

Samuel von Düffel, geb. 1991 in Berlin, wuchs dort und in Torri Superiore/Italien auf, wo sein Vater eine Olivenplantage und seine Mutter einen kleinen Gästebetrieb unterhält. Samuel von Düffel studiert in Berlin. – »Sie haben fünf neue Mails« © beim Autor

Michail Alexander O. Ebeling, geb. in Berlin-Treptow, Sohn eines russischen Vaters, arbeitet an verschiedenen freien Theatern, schreibt Theatertexte und Erzählungen und lebt in Berlin. »Das erste Mal« ist seine erste literarische Veröffentlichung. – »Das erste Mal« © beim Autor

Moritz Eidechser, geb. in Mettmann, lebt als Textbearbeiter und Übersetzer in München und Hamburg. Veröffentlichte mehrere Bücher, zuletzt »Fidu und Bonjo« (2005). – »Brückenengel« © beim Autor

Heike Geißler, geb. 1977 in Riesa, lebt als freie Autorin in Leipzig. Seit 2002 hat sie mehrere Romane veröffentlicht, zuletzt »Emma und Pferd Beere« (2009). – »Elternabend« © bei der Autorin

Alexa Hennig von Lange, geb. 1973 in Hannover, lebt als freie Autorin in Berlin. Sie hat zahlreiche Romane, Theaterstücke, Erzählungen sowie Kinder- und Jugendbücher veröffentlicht, zuletzt »Leute, das Leben ist wild« (2010) und den Jugendroman »Leute, ich fühle mich gut« (2008). – »Zelten im Garten« © bei der Autorin

Sandra Hoffmann, geb. 1967, lebt als freie Autorin in Tübingen, wo sie seit einigen Jahren *buch & bühne*, eine Lesebühne für junge Autoren, organisiert und moderiert. Seit 2002 sind drei Bücher von ihr erschienen, zuletzt der Roman »Liebesgut« (2008). – »Heute schon besser« © bei der Autorin

Thomas Kastura, geb. 1966, lebt als freier Autor in Bamberg. Er schreibt Erzählungen und Romane, zuletzt erschienen der Krimi »Das geheime Kind« (2010) und das Jugendbuch »Drive« (2008). – »Onkel Petja« © beim Autor

Björn Kern, geb. 1978 in Lörrach, lebt in Südbaden und in Berlin. Seit 2001 sind vier Bücher von ihm erschienen, zuletzt der Roman »Das erotische Talent meines Vaters« (2010). – »Mittsommer« © beim Autor

Jan Koneffke, geb. 1960 in Darmstadt, lebt als freier Schriftsteller in Wien und Bukarest. Er schreibt Gedichte, Erzählungen, Romane, zuletzt »Eine nie vergessene Geschichte« (2008) und den Jugendroman »Die Sache mit Zwille« (2008). – »Allein mit Onkel Kuddel« © beim Autor

Henriette Kuhrt, geb. 1977 in Hamburg, lebt als Journalistin und Autorin in München. 2011 erscheint ihr erster Roman. – »Schnell weg« © bei der Autorin

Thomas Lang, geb. 1967 in Nümbrecht, lebt als Schriftsteller in München. Seit 2002 sind von ihm vier

Romane erschienen, zuletzt »Bodenlos oder Ein gelbes Mädchen läuft rückwärts« (2010). – »Halbgefrorenes« © beim Autor

Jens Petersen, geb. 1976 in Pinneberg, lebt heute als Arzt und Schriftsteller in Zürich. 2005 erschien sein erster Roman »Die Haushälterin«. – »Wie alle es tun« © beim Autor

Fridolin Schley, geb. 1976 in München, lebt dort als freier Autor und schreibt Erzählungen und Romane. Er hat drei Bücher veröffentlicht, zuletzt den Geschichtenband »Wildes schönes Tier« (2007). – »In die Tiefe« © beim Autor

Maike Wetzel, geb. 1974 in Groß-Gerau, lebt als freie Schriftstellerin und Drehbuchautorin in Berlin. Sie hat zwei Erzählungsbände veröffentlicht, zuletzt den Titel »Lange Tage« (2003). – »Eins« © bei der Autorin

Mutter mit 16?

Als Nadine sich in Rick verliebt, fühlt sie sich zum ersten Mal in ihrem Leben frei. Mit Rick ist alles anders. Endlich kann das Leben losgehen! Raus aus dieser Familie, die ihr schon lange zu eng geworden ist. Aber Nadine wird schwanger. Rick will das Kind. Rick will sie. Rick will Familie. Er ist sich so sicher. Doch Nadine hat nicht die elfte Klasse übersprungen, um kurz vor dem Abi Mutter zu werden. Sie will dieses Kind nicht. Noch nicht?

Christine Biernath
Bauchgefühl
Band 80861

fi 80861 / 1